煙火與噴泉

白靈著

三民叢刊75

三民書局印行

煙火與噴泉——自序

白靈

人類對於會「變」的東西，總有無限的好奇心，會「變」就有「掌握不住」的感覺，愈「掌握不住」就愈想「掌握」。比如「錢財」「名利」，比如「神明」「情愛」，這幾者都有「不易掌握」卻因欣羨反而常為之「掌握」的迷人特質。人們從懂事到老去，恐怕都不易脫離它們的「手掌心」。會「變」的東西常予人一種「似近實遠」、「似熟悉卻陌生」、莫衷一是的幻覺感。而由於前幾者的不易掌握，人們就常把這樣的幻覺感帶到對其他事物的注意或喜好上，遠一點的比如「玩火」或「玩水」，近一點的比如說「玩文學」「玩藝術」。

火，恐怕無人敢說它是容易掌握的東西。自從希臘的普羅米修斯向天帝宙斯借火不成，轉飛向太陽，他點著手中蘆葦盜得「火種」飛回下界，分給世間的人類，卻也招惹宙斯的憤怒，派潘杜拉帶了盒子降禍人間，並以「私自竊取太陽之火給人類」的罪名，將他鍊在高加索山，叫大鷲啄他的胸。這是玩火者的「下場」，也是暫時掌握之後終究掌握不住的鑑戒。

宙斯的理由是火會帶給人類智慧和聰明，他就再也無法掌握人類，其實這裏說的宙斯暗指的是人類本身那最聰慧能幹者。的確，人類自從試圖掌握「火」後，接著衍生出來的是炭火、爐火、燈火、火柴、火車、火箭、炮火、戰火、核子火，掌握好時是福，掌握不好時就是禍。在冷戰年代，核子火對人類的威脅可說達到了「火」的極致。水也是如此，既載舟又覆舟，看衝浪人就知道了，當他充分掌握了水之動勢和特性，借力使力，一雙腳一塊板就能在水上悠游滑行，否則也可能是吞食他生命的血盆大口。人類自從想掌握「水」後，衍生出來的是水壩、水庫、水管、自來水、水塔、水荒、水泥、水車、水磨、水師、潛水艇……等等，無非想試圖掌握水性，比如幾千萬年也不曾掌握住的三峽，人們如今建大壩想掌握住它，而數百年後呢？仍能掌握得住嗎？所有這些「玩火」或「玩水」都或許是必要的，為了食衣住行而來的必要，唯幾乎都是實用性的。除了「煙火」與「噴泉」。

煙火繼承的仍是「火」會「變」、不易掌握的特性，但人們卻透過設計試圖展演它，它的火撐開照亮的不只是夜空，也撐開照亮了人們的眼睛和視野，它可以是光瀑、可以是吊籃、可以是光彈、可以是光傘、可以是層層爆發燦爛的流金，更可以是一座座噴突浪漫火花的砲臺，乃至整座城鎮就是一座爆發嘉年光華的巨碩煙火臺，比如鹽水鎮。它是「火」中最完美的演出，也是較不具實用性的。它充分展現了會變之事物的美感與幻覺。噴泉的變幻雖然沒有煙火那麼多彩多姿，卻可以透過適當的設計，達到水的極致，比如水簾、水瀑、水梯、水舞等等。它們除了美，都沒有什麼實用性。此時，水不只是水，而是水的再生、轉化。或可這麼說，煙火是火的「陌生化」，噴泉是水的「陌生化」，它們讓平常的火和水展現了新面貌。這就如同詩，把玩著語言，卻讓語言有了新視窗。語言因為詩而呈露了語言的生命力、變幻力和承載力。有時候它是較易掌握的地上噴泉，有時它是不易掌握的空中煙火。生活現實是複雜和煩瑣的，但詩非現實的再現，也非生活的重描，詩選擇了現實複雜的一支將之「噴泉化」，選擇了生活煩瑣的一端將之「煙火化」。詩試圖借助的語言有其巧妙和不易掌握的特性，唯所謂「噴泉化」非他人之噴泉，而須是自創之噴泉，所謂「煙火化」，也非他人之煙火，而必得是自創之煙火。詩是亮在心中的煙火，詩是湧出心窟的噴泉。那種美感，似清晰，似模糊，一種可掌握又不可掌握的感覺。詩或予人幻覺，卻不予人會變事物所特具的幻滅感。其理由無它，詩是噴泉，詩是煙火，詩是自足的，詩是非實用的。

煙火的燦爛與否，噴泉的壯觀與否，顯然與它們構成的質素或能量有關。本書前四篇即針對詩的鑑賞和創作與生命能力的關係，提出幾點粗淺的分析，並對詩創作時在選擇、組合語言時，邏輯性語言與神話性語言在一首詩的構成中，其可能產生的作用作了一點淺近的探索，希望對詩創作者有所幫助。〈分眾後的新詩〉〈變與不變〉二文則是對「未來」煙火與噴泉的可能形式和內容帶點焦慮感下產生的小文章。〈處處回眸的天鵝〉探討了一九四九年前新詩流派與當下詩歌的血源關係和迄今未盡性的議題。〈給廣告一雙翅膀〉一文則對新詩的觸鬚可能涉及的層面和觀眾充滿了好奇和期許。〈析評鄭愁予的境界觀〉則是借鄭氏的境界觀為引子，探索多元化時代下詩之各種藝術導向。〈九歌版《藍星詩刊》的歷史省察〉一文從「詩刊的迷思」談起，對《藍星詩刊》四十年來的貢獻作了若干歸納評析，並由此論及未來詩刊可能的面貌和特質。〈媒介轉換〉是本書最長的文章（近三萬字），用力也最多，文中針對文學作品與其他藝術形式、傳播媒介的關係、相互轉換的可能，以及不同藝術形式的發展對文學家的創作活動產生何種質變等等有若干探討，文中並對臺灣現代文學迄今為止的一些媒介轉換過程和努力成果，也作了一掃描式的回顧。本文同時對「聲音與影像」的空間展演是否應納入文學思考的範圍也有若干評析。或可供對文學發展有興趣的讀者參酌。最後〈藝術頑童冷眼看〉討論的雖是羅青的新詩面貌，其實也是就文學在發展過程中面對轉折點時可能走出的路向有一番回探和期待。

本書在寫作態度上一直有兩點小小自我期許：一是論述儘管理性，文字希望保有濃密的感性，能流暢可讀。二是文章層次儘可能分明，必要時能提供簡明的圖表，讓煩瑣的探討變成清楚的勾勒；幸而若干篇章在這點上尚稱滿意。也期望一般文學論述者偶而能稍稍有點

「科普」（科學普遍化）的觀念，避免冗長、詰屈、重覆的鋪排，則讀者幸之，文學幸之。

本書的出版承三民書局的慨允，在編排和出版過程中提供了若干卓見，無任感激。另外，筆者本是業餘寫作的文學人，若干陳述或不符一般規矩，尚祈方家有以正之。

目錄

詩與生命能力（上）

壹

越來越多的人患有「文學的冷感症」。文學藝術所占有的領土越來越窄，它只能住進少數人的心靈中，卻從大多數人的精神領域裏潰退下來。各行各業的競爭是前所未有的激烈，每個人都在尋找創意、開挖自個兒的潛力，卻很少是關於文學藝術的。這裏一羣，那裏一羣，好像「生命形態的歧異」成了一種趨勢似的，同種同苗的生命之樹卻被分門別類、被種植在不同養分不同的土質中。此種歧異的結果是，沒有一個時代像這個時代一樣，事物之繁複錯綜和轉移變化之快，常常在眼力所能捕捉之外，更常常在預料和想像之外。

許許多多事物的磁力也遠超強於文學藝術。而如何「超然」於這些事物的磁力線之外或磁場之上，恐怕是從事文學藝術工作者在未來所要不斷面對和抗爭的主題。而文學藝術既是生命能力的一種呈現，那麼，如能強化自我在這方面的能力，且對此能力參予表現或欣賞的步驟和方式多作了解，或許有助於此種「超然」。本文僅能就詩與生命能力的關係作一粗淺的剖析，並先就其與欣賞活動可能的關聯作一說明。至於與創作方面的關聯和說明則有待下篇。

貳

一如我們通常所了解的，人的生命能力與一般動植物的生命能力截然不同。人有智性能力，能作思考，一般動物不能。含羞草對觸覺有感應能力，但無錄印此感應的「印」象能力（此「印」爲動詞）。貓敏於視覺、狗敏於嗅覺、馬識老路、海豚善於表演，彼等對周遭環境的變化除敏於感應，也均有「印」象能力。但其想像和理解的智性能力均甚低（一般認爲，畜類和人類均受想像力支配，比如主人死了，狗也懨懨而死，即爲一例。因而人類眞正區別於畜類的爲理智能力。惟想像能力之差異也極大）。這些能力間的不同和關係大致可列表如下：

生命能力			
感性能力（生理）		智性能力（心理）	
與生理節奏有關		與心理慾望動機有關	
感應能力①（低級）	「印」象能力②（高級）	想像能力③（低級）	理解能力④（高級）
視、聽、觸、味、嗅……覺等「對客觀現象發生實感的能力」⇩自然的生理刺激反應	錄印上述①各種客觀現象的形式之能力⇩物象（包括語文符號的錄印）	反省（或「直觀」）印象能力錄印的物象（包括語文符號）⇩意象（心象）	考察種種物象或意象的因果、本質、可能、必然性、是非性、整體性等抽象思維的活動

由表中可看出，人類的此等能力差異性頗大。有人面對壯麗風景而毫無感應，有人對芝麻小事印象深刻，有人幻想超常、鎮日神經兮兮，有人善於思辨、長於邏輯推理。而即使長於同一能力，差異也大：對周遭環境的感應，瞎子敏於聽覺觸覺、酒鬼敏於嗅覺、饕餮者敏於味覺、畫家敏於色彩……對同樣客觀現實，比如進入同一宴會場所或同一座森林，他們發生「實感」——即引起的刺激反應有很大不同。而「印」象能力除與每人上述的感應能力有關

外，也與其記憶的久暫成比例，比如大家都對剛剛演講的某一作家印象深刻，此印象差別甚大，有的說他穿的怪異服裝給人印象最深，有的說他講話的音調嗲聲嗲氣不男不女，有的說他講得非常精彩，有的說他講的內容每場皆同千篇一律，有的評他的髮型，有的說他打的是烏龜領結……總之，此印象少有相同者，而且時過境遷，日子拖長，各人殘留的印象更是無法比較，有人點點滴滴記得一清二楚，甚至誰和誰曾評過那個作家如何如何，而有的則對自己說過什麼毫無印象，甚至有沒有聽過那場演講都成了疑問。因此有人的印象能力是歷久彌新，有的則與時間成反比；而不一定與感應能力成正比。以上所說，都屬於生理方面的能力，與個人的生理機能、規律節奏、腦容量、遺傳等有關。這些透過身體表面的感官（感覺器官），經由神經末梢纖維，傳達至頭腦，必然會使心靈體會到，進而產生某些情緒，亦即所謂的「感覺」。感覺過的事物越多，則其「經驗」也必然越豐富。

「想像」則屬於心理能力的一種，它與「感覺」的不同是，能感覺的事物是當前存在的，而想像的事物不是當前存在的。它是在腦海中反省印象能力曾錄印下的物象，將之重現或跳接組合、甚至予以虛構轉化的能力，它產生的是一種「心象」。廣義的想像又可加以細分：

想像	
積極的想像	消極的想像
自覺的	不自覺的
可控制的	不可控制的
意識的	潛意識的
包括同情、關懷、再現（記憶）、冥想、預想（預期、重組或虛構）。	包括幻覺、妄想、恐懼、自卑、夢、擔憂、憂鬱等。
均可幫助詩的欣賞與創作	

此等能力是詩欣賞及創作活動中最重要的一種。而以「積極的想像」從事思考的活動又稱之爲「形象思維」。

「想像」在反省事物形象時，並不認眞探究事物的眞僞或本質，這一部分是屬於理解的能力。理解力是透過概念的抽象思維活動，認眞考察種種物象或意象產生的前因後果、底層的本質、可能不可能、必然偶然、是非善惡等，並對整體綜合關係作一番審視，它帶有強烈的監督和判斷味道。當它單獨以文字思考時，產生哲學，而當單獨以符號邏輯思考時，產生數學。而若理解力與想像力合作時，乃有文學的發生。想像扮演獨創的角色，理解則扮演判斷的角色。而不論想像或理解，都必須自我對所考察的對象有強烈的動機和心理慾望才行。

叁

因此詩的欣賞活動可以解析爲如下步驟：

(1)因心理慾望的需求（即動機），先讓視覺能力去「實感」語文符號。

(2)理解能力將考察該語文符號代表的含義。

(3)驅使想像能力發生作用，從過往的印象中搜索、再現、或重組一羣心象，建立起意象而「直觀」之（即在心中觀看此意象）。

(4)如果此項「直觀」的行爲能使慾望獲得某程度的滿足，即由心理作用自然產生美感情緒。

比如欣賞聞一多的這首〈小溪〉：

1鉛灰色的樹影，
2是一長篇惡夢，
3橫壓在昏睡著的
4小溪底胸膛上。
5小溪掙扎著，掙扎著……
6似乎毫無一點影響。

1 2句 理解力作用，想像力尚未。

1～4句 想像力發生作用，仍屬靜態。

1～5句 想像力加強上述形象，發生動感。

1～6句 想像力獲得滿足，理解力判斷其可能，但卻認為有歧義。

當我們實感前兩句的文字時，理解力告訴我們，樹影跟惡夢相似，均是鉛灰色，但發生的場所並不清楚，因此想像力至此仍無法發生作用，便無法把樹影的形象建立起來。直到讀完3 4兩句，方明白樹影是壓在小溪上，一如惡夢壓在胸膛上，於是此兩種不同形象（一與景色有關，一與人類自身有關，均是可能有的經驗），交錯於心象上，果然可以「直觀」其光影交錯、樹影壓水面之感。到第5句，形象由靜生動，更形豐富，慾望獲得甚大滿足。第6句，作者的本意可能是小溪掙脫不了樹影，一如惡夢連連終難擺脫，但理解卻可能產生另一種看法，認為小溪即使遭樹影橫壓，經一番掙扎，仍舊流動不受影響，而且又以此種想像較能使慾望滿足，更能產生舒解的情緒。

在詩中，想像具有強烈的主導地位，理智常常不得不向它妥協，比如下兩句詩（鄭愁予）：

基隆河像把聲音的鎖　←理智認爲不可能
陽光的金鑰匙不停地撥弄　←想像迫使理智妥協

讀完第1句，理解力無法理解河與鎖的必然關係，想像此時根本無法作用，心象建立不起來。讀完第2句，理智思索前後兩句的因果關聯，驅使想像力強制關聯陽光與基隆河、金鑰匙撥弄鎖的形象，結果發現陽光在河上粼粼閃動的形象與鑰匙撥弄的動作有若干吻合之處，此時過去與此二者相近的印象會在腦中出現乍隱乍現的心象，此等想像乃迫使理解力妥協：雖然河並不似鎖的外形，但陰暗卻相似，於是陽光的亮麗與金鑰匙的「金」乃得發揮其撥弄此陰暗的用處。

相近的例子如鄭愁予的另一例：

帳篷如空懸的鼓　↑視覺的心象難以建立
鼾聲輕輕摸響它　↑聽覺的心象補足第一句之不足

帳篷的形象很難與空懸的鼓形相並聯想，雖然其「空」相同；讀第1句時，很難建立心象直觀之。但第2句的鼾聲發自帳篷，與空鼓之輕觸效果相近，此聽覺心象乃迫使視覺心象妥協。不可能成爲可能，慾望獲得滿足。

上二例與底下一例（葉翠蘋）不同：

陽光在溪流裏划船
星子在晚風中叮噹

此二句均可各別建立心象而直觀之。第1句喚起的心象是陽光在水面上游動閃爍的感覺，一如划船力爭上游的形象。第2句則屬感官的移位，將視覺轉爲聽覺，理解力考察叮噹二字的含義，以其有間斷，與閃爍之意相似，於是可建立心象而直觀之。但此心象卻同時擁有視覺與聽覺，其慾望滿足的程度似乎要較第一句僅止於視覺者要高些。

肆

由以上數例可看出，詩的欣賞活動，其實是生命能力的整體運用。當驅使想像力壓迫理解力（詩中出現的景象常常不合邏輯）的層次越高，其滿足心理慾望的程度可能會越高。反之，此二能力不能相互合作愉快時，則讀的可能不是什麼好作品。同時，感性能力的強弱與否也會影響想像與理解的運作；感覺過的經驗越多，則能供應心象組合的事物便越充足，驅使智性能力當較爲便捷輕鬆。爲說明方便，再多舉數例如下表：

作者 詩題	詩例	欣賞時運用的能力說明
佚名 〈五月的祝福〉	一份咏讚 萬縷恩情 在五月 康乃馨綻放出 母親慈藹的笑容 一束馨香 無限的祝福 流露出摯情懷思 縱有千言萬語 盡在心坎深處	視覺能力實感此詩，理解力雖知作者情感眞摯，唯表達的是空洞的概念，想像力無法建立心象而直觀之，亦即喚不起一組印象組合之。因此無法滿足精神慾望。並非好詩。

瑞典·馬丁遜〈蚯蚓〉	誰會眞的垂顧那蚯蚓，他是一個地下農夫 在草與泥底下的農夫，把田野穿上豐收的衣裳， 他鎭日翻新這土地，誰會眞的垂顧他， 滿身泥土，在土裏這深沈寧靜的土地工作者， 無言，並且盲目，這個在地球泥土裏 永不休止的灰褐小農人。	蚯蚓比成小農夫，作者原意可能也指農夫就像小蚯蚓。此詩能建立起的心象並不多，兩段詩意義差去不遠，想像力能驅使者有限，理解力能壓迫的也有限。不是很好的詩。
鄭愁予〈港夜〉	遠處的錨響如斷續的鐘聲 雲朵像小魚浮那柔動的圓渾 小小的波濤帶著成熟的慵懶 輕貼上船舷，那樣地膩，與軟 （摘錄）	第1句的「錨響」與第2句圓渾的「雲朵」恐皆非一般人所熟知之經驗，故理解力雖知其所寫爲何，卻甚難喚起可對應之心象。3 4兩句則對波濤拍船有細膩的描述，慵懶和軟的形象仍易想像。後二句之心象可補前兩句之不足。

朱湘
〈有懷〉

淡黃色的斜暉，
轉眼中不留餘跡。
一切的擾攘皆停，
一切的喧囂皆息。
路燈亮著微紅，
蒼鷹飛下了城堞，
在暮煙的白被中，
紫色的鍾山安歇。
入了夢的烏鴉，
風來時偶發喉音，
和平的無聲晚汐，
已經淹沒了全城。
寂寥的街巷內，
天侯大第的牆陰，
噹的一聲竹筒響，
是賣元宵的老人。

此詩場景由大而小，由遠而近，顏色由淡轉濃，景物由無到鴉到鷹到老人，聲音由靜到噹的一聲。讀者之視覺和聽覺心象是被慢慢喚起的，想像力的完成剛好是理解力的完成。

印度・泰戈爾

在夢中的一條幽暗小徑上，我去尋找前生屬於我的愛人。
她的住宅座落在一條荒涼街道的盡頭。
在黃昏的微風裏，她那寵愛的孔雀停在棲木上打盹，而鴿子靜靜地躲在牠們的角落裏。
她把燈盞放在門口，她站到我的面前，
她擡起她那對大眼望著我的臉，無聲地問道：「你好嗎？我的朋友！」

此詩似眞似幻，營造的是一種氣氛，而且果如作者首句所說，是夢中所見。讀此詩想像力引發的意象清雅不俗，讀者有種進入自我催眠的幻覺，其精神滿足必然不小。理解力起的作用微乎其微。

我試著去回答，但是我們的語言已經失落而遺忘。
我想了又想；腦海中再也想不起我們的名字。
淚光閃耀在她的眼裏，她向我伸出她的右手，我握住它
　靜靜地站著。
我們的燈盞在黃昏的微風裏搖曳而熄滅。

馮　青
〈水薑花〉

兩岸的燈火也濕了
我眉睫的露水盈盈
開了又開的素花
靜靜的在秋色中疲倦
而每次
都是這樣靠著你的肩
訴說　水的寂寞
你將會在冰涼中
逐漸　感覺我

讀此詩想像與理解的爭議性頗大，心象的組合會隨理解角度的游移不定而難以固定下來。尤其是末兩句。是屬於可感而難解的詩。

苦　苓
〈哀〉

站在始終進不去的門外
影子不聲不響由門下的縫隙進去
把燈關了而且

讀此詩想像力會驅使心象先完成，但理解力則仍落身後，並未理解完成。其

始終沒有如約為我開門

可能引申的含義才剛開始
教人傷腦筋呢。

羅　青
〈多次觀滄海之後再觀滄海〉

平平坦坦的大海上
好像什麼都沒有
好像什麼都沒有的大海上
居然眞的什麼都沒有
就是因爲原來什麼都沒有
才知道根本什麼都沒有
可是平平坦坦的大海之上
的確什麼都沒有嗎？
什麼都沒有的海上啊
當然是什麼都沒有
平平坦坦的大海之上
果然渾然自自然的是什麼都沒有

註：曹孟德建安十二年作〈步出夏門行〉，首章「觀滄海」，其辭如下：

東臨碣石
以觀滄海
水何澹澹
山島竦峙
樹木叢生
百草豐茂
秋風蕭瑟
洪波湧起
日月之行
若出其中
星漢燦爛
若出其表
幸甚至哉
歌以詠志

這首詩乍讀之後，不但理解力難以發揮作用，即使想像力引起的心象頂多也是空白的滄海一片，未若註中曹孟德詩的百草、洪波及日月星漢那麼燦爛。然而再讀二三，才知其題目非常重要，其玄機即是「再多的『有』後來還是『沒有』，而且『沒有』是最自然的」，當理解力想通之後，心象才能隨詩之起伏而有船隻在海上忽現忽滅。最後當然必然自自然什麼都沒有。

伍

詩的欣賞一如詩的創作，需要「驅使」生命能力的參予，其付出的想像力和理解力雖不如創作那麼費勁，但畢竟也是一種創造和判斷。許許多多的「詩外人」一直沒有機會參予這種創造和判斷——只因爲這些能力必須「出入」隻言片語之間。而這兩種能力其實都建基於感性能力上，生活的泉源來自它，靈感的觸發也來自它。理解是將事物作抽象式概念化的思維整理，想像不過是具體地提桶汲取，再加以淬煉、濃縮或合成罷了。

想像能力可以說是一個心象的反應爐，將不同的感性材料倒入其中後，升火待發，以不同的溫度和壓力作不同程度的反應，理解能力正是要試圖儀控此溫壓，使之產生預期的或神奇的化合物。蒙田說：「想像的力量很大。人人都會被它搖撼，但是沒有人會被震倒。」想像力的反應爐正該如此，儘管反應再劇烈，方程式再難解，也不宜使之爆炸。理解力的判斷在這時扮演了節制的角色。

詩與生命能力（下）

壹

「感覺的鈍化」是現代人非常顯著的現象。世界上任何重大的事留在人類心靈上的影子很短，也很淡。更不要說激起的漣漪能夠波動多久。「電視」對這種現象似乎要負起不少責任。它使步履難及之處，按鈕即可「淡入」，它使人們養成隔岸觀火的惡習，即使這場火只離一街之遙。過去人類與世界之間只隔著一層皮膚一雙眼睛，現在卻隔著層層玻璃、IC板、映像管和天線。什麼都來得太容易了，感官的受激成爲常態，變化是自然的，不變是不自然的，浸淫日久，對世界事物的大小變化乃感動漸微，久而習以爲常——所謂「一眼即可掃過眾生」，於是「生命能力的參與性」乃成了一可疑的課題。（反之，對感覺敏銳的人而言，「電視」當然是一絕佳的學習園地。）

「敏化」自個兒的感覺要向文學藝術學習，它們代表了人類心靈可貴部位的傳承。在那裏頭，世界進行的速度比平常緩慢，在那中間，「我」成爲一座共鳴箱，感動的事物來來去去，不平、哀怨和齗傷在數弦合鳴中會獲得撫平。它們不似哲學的硬、科學的冷、數學的無情。欣賞是生命能力的參與，創作是生命能力的演出，不論何者，均須由「敏化」感覺開始。詩也不例外。上篇已就詩欣賞與生命能力的關係略作交代，本篇進一步述說創作活動與之可能的關聯。

貳

一般而言，創作的過程可以分爲感覺活動、心理活動和表現活動。常人有前兩者的活動，但較乏表現的意圖和能力。但更通常的是，一般人對世間事物多僅止於「感覺」而已，頂多「偶爾回憶」，所謂心理活動多半雜亂無序。較可能的心理活動多屬於課業或工作，或人際關係、感情上的牽扯糾纏，最多再加上社會、經濟、政治上的變化和影響。對個別的情理事物較少予以獨立分解或作綜合整理。也就是，大多數的人很少停下來再看一看或再想一想，而多存「過了就過了」的心理。因之，許多人會對詩人的創作意圖和動機心存不解，常認爲他們「小題大作」。比如落日天天有，到海邊看夕陽的人很多，大家也知道那是一種美景，但多止於「喜悅」而已，似乎其他都是多餘。然而想將此喜悅寫下的人卻不滿足，他們必得找到一種表達方法，將內心感覺「出脫」一二，否則難以罷休，這當頭即是心理慾望的不同。於是乎繪畫的人想抹紅他的畫布，搞音樂的想燦爛他的音符，寫詩的想借海天壯闊他的語言，因此有的說「釣得晚霞滿漁船」（歌詞），有的說「在晚霞巨大的階梯下／羣樹是稀落底酢漿草／我們微小的美麗與苦楚／從不曾被龐大的事物所覺知」（羅智成），有的說「天空再也抱不住的那落日／掉在大海的波浪上／彈了兩下」（筆者）……，所有這些，無非基於對現有或既存事物的不滿足或不服輸。因此不斷地想從一般人的感覺活動中拔出，試圖借助適當的表現媒體，在心中先活動一番、掙扎數遍，最後以恰恰好的形式將先前的感覺「固定」下來，此時方才有舒放安穩之感。

又比如另外一首年度詩選中的〈落日〉：

1 假想你的窗檯
2 有一大簇水滴滴的白菊

（1～2句開始時不曉得「你」指誰，只說明地點。白菊使窗檯美化。）

3 我便選在入夜前
4 將自己哭紅的眼擱在上頭
5 等一個偶然——
6 你從水滸
7 分神的片刻

第3句指明時間，但不知「我」是誰。「哭紅」二字與「落日」聯想。「我」較清楚，但仍有少許疑惑。
5～7句「你我」的關係至尾二句方才釐清，首段的疑慮至此獲得圓滿解釋。

此詩所說無非「讀書西窗下，悠然見日垂」而已，但作者爲使自己那種剎那間驚喜（從古代《水滸》中擡頭看見同一顆不朽的落日）不會輕易浪費掉，乃重新設計，將角度掉轉，使讀者先掉入12句間的陷阱，不知所以，至34句方略有所悟，至567句方才豁然明白。則作者當時「偶然」的感覺進入讀者的心理活動中才眞有「偶然」的共鳴感。這種美感經驗的呈現必然逼使讀者從其過往的經驗中重新組合出一類似的畫面，而且似隱若現。然而如果作者輕易地放掉當時的感覺，不會進入思維的過程，將該感覺回憶、過濾、重組，當然也不會有此詩產生。其實詩中所呈現的形象不見得與當時所見相同，也許沒有白菊，甚至沒有窗檯，或許根本讀的不是《水滸》，但作者不選「玫瑰」不讀《三國》或《紅樓》，顯然經過一番思索。似乎「玫瑰」無法映出落日的紅，而《三國》的「三」使分神失色，《紅樓》的「紅」使落日黯然。再者角度的掉轉是此詩最成功處，如果改成習見的我就是我：

窗檯上
一大簇水漓漓的白菊
入夜前
一顆哭紅的眼擱在上頭
當偶然——
我從水滸
分神的時刻

或者更露骨的寫成：

讀水滸良久

擡頭時偶然瞥見
白菊窗檯上
擱著巨大的落日
像英雄一顆哭紅的眼睛

這麼改變，所有的「偶然」都成惘然，可見得想表達的形象是同一個，但「偶然」卻是此詩要抓住的最重要的感覺。作者心中的模式不太可能一開始即是掉轉的角度（主客對調），而是在表現活動（語言選擇）與心理活動（形象的選擇）間屢作嘗試、判斷，最後作了最好的選擇。

創作即常常必須抓住類似的普通經驗，將之「小題大作」一番，不斷試試自己在同一「感覺」上停留、並且想辦法去「表現」的能耐，此時必得逼使自己「心理」不斷活動，企圖透過想像將上述經驗剪裁重組，使之在傳達時成爲眞切可感的。「從細微處著手」似乎是寫詩較爲簡便的途徑，久而久之，感覺的「敏化」方有可能。比如商禽寫的這首〈電鎖〉：

這晚，我住的那一帶的路燈又準時在午夜停電了。

當我在掏鑰匙的時候，好心的計程車司機趁倒車之便把車頭對準我的身後，強烈的燈光將一個中年人濃黑的身影毫不留情的投射在鐵門上，直到我從一串鑰匙中選出了正確的那一支對準我心臟的部位插進去，好心的計程車司機才把車開走。

我也才終於將插在我心臟中的鑰匙輕輕的轉動了一下「咔」，隨即把這段靈巧的金屬從心中拔出來順勢一推斷然的走了進去。沒多久我便習慣了其中的黑暗。

此散文詩要傳達的經驗其實人人都有：自己的身影投射在自家鐵門上，黑影上的心臟部位恰巧貼在鑰匙孔上，於是插鑰匙時插的就是自個兒的心臟。這樣的感覺類似一種錯覺，常人很少意識到，作者不但意識到，而且把它當作一種新經驗來處理，然而此種「錯覺」常須有「敏化」的感覺能力方易「查覺」，因此經歷可能人人相似，但感覺的多寡卻有極大差別。

商禽的另一首散文詩〈躍場〉中所寫，也無非類似的「錯覺」，其末段說：「而當他載著乘客複次經過那裏時，突然他將車猛地煞停而俯首在方向盤上哭了；他以爲他已經燒燬了剛才停在那裏的那輛他現在所駕駛的車，以及車中的他自己」，也許這樣的錯覺本身沒什麼大不了，而且可以說太小題大作了，但詩人不以爲如此，他要呈現的正是透過此項錯覺來傳達生命的某項本質或含義，作者且不把答案說出，而留給讀者去傷腦筋。他要讀者體認的，或許是透過大家的感覺（也是作者當時的錯覺），去重新注視生命中一再重覆的荒謬，而此荒謬可能即是生命的本質。

叁

詩創作與生命能力的關聯或許以一個簡表來闡明將更爲清晰。當然，這些活動並非截然分開的，而是常常混淆不清，如此劃分，實非得已。底下並略作說明：

(1)通常以感覺活動爲先，心理及表現活動在後。而其實表現活動的運作也屬於心理思維的一部分，只是此時它必須借助外在的媒體。然而心理及表現活動的慾望和企圖顯然也會深深影響感覺活動的廣度和深度。

意（內）				言（外）	
感覺活動		心理活動		表現活動	
情		思		辭	
感情		思想		語言	
感應能力	「印」象能力	理解能力	想像能力	選擇（用字）	安排（佈局）
經驗		概念的 抽象的	意象的 具象的 形象的	具體 物質 符號	
感官對各種刺激的反應	生理的反應在意識上所生感覺	用語言、符號及圖象思考	用語言及圖象交換思考	語言文字	
		內在語言		書面語言	
尋意				尋字	

(2)經驗屬於感覺活動，它與個人的感應及印象能力有關。唯有人經歷很多，但一談及「感覺如何」，則僅三言兩語就說完。其見過的事物、「印」過的象或許仍清晰存其腦中，卻難以傳達。

(3)常人對經歷過的事物慣常以圖象去思考，比如心中出現風景街景人物臉孔說話神情等等，但卻不習慣以語言（說話或文字）仔細去描繪這些圖象，亦即語言及圖象間少有機會交換思考，尤其是細節部分。

(4)常人描述的多不是物象本身，而是物象的動作或與其他物象間發生的關係，亦即傳達予他人的多止於粗枝大葉，而不及於枝節嫩芽。詩要傳達的卻多自物象本身出發，因此常須注意它的細節及動作，有時爲求其效果，引人注意，更不得不將之放大或縮小、誇張或對比（比如下舉林徽音的詩）。

(5)在尚未進入表現活動時，其實心理的慾望已驅使感覺不斷在心中重覆出現，並將類似的或相近的他種經驗也一一自記憶庫中調出，使可能的資訊並列，並盡可能使之達到飽和點。而在表現活動階段時，便開始選擇安排可用的感覺及資訊（多半是圖象）。字詞此時須不斷增多以增加可用的頻率。書面語言與內在語言不斷出入各種形象間，語言及圖象進入交換思考的苦思期。其目的無非要準確地傳達心中所想的「圖形」或觀念。

(6)語言的更換常造成意象的更換，雖然原始的形象（或圖象）可能還是同一個。比如「柳條迎風飛」的形象人人見過，但「輕風搖細柳」「輕風舞細柳」造出的意象（在心中重塑的形象）都不及「輕風扶細柳」來得出色，即是一例。

(7)詩要提供予讀者的當不止於物象本身，而是透過物象去傳達心中更深層的體會（如下舉聞一多的〈死水〉），此時心理活動的機會增多，對讀者較易有智慧性的啟發。當然詩有時不必這麼「偉大」，它只想把美感經驗與他人共享，如前舉的〈落日〉即是。

綜上所述，可以印證美國詩人佛洛斯特所說的一句話：「一首完美的詩，應該是感情找到了思想，思想又找到了文字……，始於喜悅，終於智慧。」當然，詩的觸發有時是「自然的」有時是「不自然的」。比如說看見一件靜物、一場風景、一齣戲、一句話，或者歷經一段感情、一回事件……等，而當場深受感動或「自覺頗有收穫」，整個過程都是一種自然的感覺活動。然而有時為了應邀寫稿，或逼使自己向過往生活經驗中尋求寫作題材，或者在思考他事時，偶然引發一種想法等，此時反而是心理慾望逼使自己向過去的感覺活動集中，從中汲取可用者。感覺活動這時乃處在一種備用或被動狀態。不論何者，一旦心理企圖創作，則所有可用的感覺活動都將被存檔起來（已與現場的感覺活動脫離）。由於表現的需要，若心理活動大張旗鼓，則可將該項感覺逐漸加深加廣（感情找到思想，或思想找到感情），同時也不斷將之叫進叫出（與文字相互比較），直到創作人獲得滿足為止。

肆

詩創作的過程或許可勉強分爲如下步驟：

⑴動機或慾望：自然的或不自然的。

⑵形象選擇：過去印象或形象的再現，並列出更多相似的印象或形象以供備用。並將印象均以具體的形象呈現。

⑶語言選擇：以語言試探性描述上述形象。

⑷語言與形象不斷交換思考：形象可能開始變形，想像力與理解力交互苦思，不斷重塑修改先前表現出的形象（離形）。

⑸理解力作最後判斷。即「自我評斷」。

這其中「自我評斷」是最困難的關卡，詩之失敗大都是創作者「自覺」已將心中形象完美演出，亦即自認所表現的語言已足以負載心中所感或所想，而其實仍有一段差距。

爲說明方便，茲舉筆者所寫三句「廣告詩」爲例。其動機乃因耕莘青年寫作會舉辦一系列「知性之旅」的活動，以文藝青年參觀古蹟爲主。由於授命只能簡短三句，使活動稍富文學及古蹟氣氛。於是不得不從曾走過臺灣古蹟的印象中去尋求「感覺」（不自然的），又不宜寫某時某地，必須是普遍性的，於是東想西想，只能出現些「歲月」「木石」「風雨」「青瓦」「古廟」「痕跡」「蒼老」……等與古蹟相關的辭彙和模糊形象。後來開車經過士林，看到「冷凍食品」的招牌，才想到「歲月可以冷凍什麼？」，再經一番比較，認爲木石比較可以冷凍什麼，於是想出一句「木石冷凝了風痕和雨痕」來代表古蹟的滄桑，然後再想「歲月解放了花苞嗎？」，但沒有太大意義，後來曾經以下的轉折：

①歲月解放了花語
　木石冷凝了風痕

②歲月無心，年年解放花語
　木石有情，日日冷凝風痕

③歲月無心，年年試解花語
　木石有情，日日挽留風痕

④歲月無心，年年試解花語
　木石有情，日日挽留風痕
　年輕的身影，蒼老的古蹟

從看到「冷凍食品」開始，一面開車一面想，想到第④時，不到半小時，本來還有點得意，但總覺第三句不妥，卻又不知如何改動。後來的半天便纏繞在第三句上，雖然前二句太古典，第三句要白話些來救。前後改過「年輕的身影，蒼老的城門」（乃至改成「北門」）、「古蹟蒼老，年輕的身影走過」、「青瓦蒼老，年輕的身影走過」，後來慢慢認清「古蹟」「年輕」固是一對比，但「動感」不足，使此第三句即使有「走過」二字仍顯無力，毫無形象可出現，於是便朝「使形象出現」的方向想，末了終得下列三句：

歲月無心，年年試解花語
木石有情，日日挽留風痕
青瓦蒼老，拾階上來的身影正年輕……

在「自我評斷」時，則認爲第一句比二三兩句弱，「挽留」二字比「試解」的意義和形象都強；而雖然此二句太雅了些，但因有第三句白話救它一下，做爲「廣告詩」倒也無妨。第三句在心中產生的形象，當初是以眼光在青瓦上往下看，有「年輕的身影拾階而來」，但「年輕」仍覺無力，於是試著倒裝，終於自覺略有「喜悅」之感。也可以說，這三句詩未寫之時，感覺活動很弱，但心理的動機很強（其實是被迫的），於是驅使語言去尋找模糊不清的感覺，慢慢將感覺凝聚、添加、修改，等待「雛形」出現時（比如前述①的兩句），再予以重塑，直到自我滿意爲止，此時可以說感覺、心理、表現等活動是一再往復糾纏、妥協，最後才獲得澄清的。

伍

底下再舉幾首詩加以說明：

作者詩題	詩例	創作時運用的能力說明
吳建衛〈子夜歌〉	今夜，浮雲紛紛抹上鄉愁的 　顏色 夜快車正遠離城市，駕著呼 　嘯的風 遠離千燈織就的一張巨網 △這是一個調色盤最迷惑的年代 △誰知道純粹的色彩藏在何處 △誰肯在繽紛的枕上，做無色 　的夢 △寧謐豈僅限於蟑螂爬過的角 　落	作者的感覺活動很強，印錄的形象多而繁雜。但進入心理活動時，未能作適當的「形象選擇」，於是在表現活動時，什麼都保留下來，

△繁華的夢寐，竟是一句囈語
　自昨日的鞭痕滑落，而後
　聾聵而後冷漠而後蒼白如北
　　極
　澄淨的心悄然向死亡貼近
△一如汙水，藏著蚊蚋的貪婪

△與蠅的嗚咽，在黑暗的沼澤
　揮霍年華
　除了戶籍，人人擎著一副
　　面具
△這是一個毛玻璃猖獗的世界
△而蟻羣在窗的稜線交換耳語
　苔蘚在我的胸腔膨脹，睫
　　毛輕喟
△無所謂方向，太陽恆起自煙
　　霧
△卻在慾望的河裏頻頻熠耀
△覆塵的蠟燭正等待一星的火
　　焰
△傳說，自古英雄皆仗劍
△不出鞘，能斬胸臆的心魔
　不立碑，能昂然樹起不凋的
　　星辰
　如今，最驚心的恐是垃圾堆
　　裏的野貓
　牠們目睹一切械鬥，如目睹
　一場無奈的急雨
　瞳孔頓然迷失原始的追尋
　有人倒下，月光吞下血液的
　　流淌
　而生命在濁穢裏枯萎
　悔罪也是徒然抄襲花的開落
△最初的激流，總是源於奇稜
　　的岩石
△曳著閃亮的泡沫，鼓盪兩岸
△猶如痲雀爭啄一根異類的體
　　毛

好的壞的，亦卽未能善予「安排」，使具焦點和重心。因此卽使想像力再豐富，整首詩渙散而不集中，有佳句（如詩上打△號者）而無佳篇。如能加以割捨或調整，使之濃縮精鍊，當可寫成好詩（一首或數首）。作者的想像力豐富，但理解力未曾作「自我評斷」。

	△猶如石膏像睜眼逡巡地上的 玻璃珠 飽食之後，夜便是掠奪者的 天堂 驚悸頓成現代的流行病 古典的風情已剝落，溫柔已 荒涼 只有風撕亂髮，月色染上雙 頰 夜歸人在漆黑裏調整焦距 並咀嚼自己的脈搏與心跳	
林徽音 〈中夜 鐘聲〉	鐘聲 斂住又敲散 一街的荒涼 聽—— 那圓的一顆顆聲響 直沈下時間 靜寂的 咽喉。 像哭泣， 像哀慟， 將這殭黑的 中夜 葬入 那永不見曙星的 空洞—— 輕——重， ——重——輕…… 這搖曳的一聲聲， 又憑誰的主意 把那餘剩的憂惶 隨著風冷—— 紛紛	此詩描摹中夜聽鐘聲的感覺，爲清楚地模擬鐘聲此一「聽覺物象」，故以短句及起伏代表鐘聲的節奏。前八句相當準確地抓住了鐘聲，後頭是引申，但轉折上似稍勉強，尤其「擲」字仍不精準。作者非常了解自己的感覺，前八句是表現的重點，想像力

擲給還不成夢的人。

十足。但後半段心理活動的努力稍嫌不足。

聞一多
〈死水〉

這是一溝絕望的死水，
清風吹不起半點漪淪。
不如多扔些破銅爛鐵，
爽性潑你的剩菜殘羹。

也許銅的要綠成翡翠，
鐵罐上鏽出幾瓣桃花；
再讓油膩織一層羅綺，
黴菌給他蒸出些雲霞。

讓死水酵成一溝綠酒，
飄滿了珍珠似的白沫；
小珠們笑聲變成大珠，
又被偷酒的花蚊咬破。

那麼一溝絕望的死水，
也就誇得上幾分鮮明。
如果青蛙耐不住寂寞，
又算死水叫出了歌聲。

這是一溝絕望的死水，
這裏斷不是美的所在，
不如讓給醜惡來開墾，
看他造出個什麼世界。

表面寫死水，實寫民初時代的混亂醜陋。作者的動機慾望明顯（也是許多感覺的累積），於是選擇適當的他種感覺印象（比較具體的）表現之。當決定以「死水」的形象爲描寫對象時，便浸淫其中，細細觀察，並與心中所想互比，終得甚佳表現，尤其二三兩段。末段批判性過強，如再含蓄，或許餘味更足。作者的想像力及理解判斷力均甚強。

蘇金傘〈雪夜〉	未曾打過獵， 不知何故， 忽然起了夜獵銀狐的憧憬， 夜雪的鞋聲是甘美醉人的， 雪片潛入眉心， 銜啄心中新奇的顫震 像錦鷗投身湖泊擒取游魚。 林葉的乾舌， 默誦著雪的新辭藻， 不提防滑脫兩句。 落上弓刀便驚一跳。 羊角燈抖薄暈， 彷彿出嫁前少女的尋思， 羞澀——但又不肯輟止。 並不以狐的有無爲得失， 重在獵獲雪夜的情趣， 就像我未曾打過獵， 卻作這首夜獵銀狐詩。	此詩前三句和末四句均太露，將動機慾望表露無遺，而未能尋求適當的形象予以表現，中間幾句是佳句，作者寫時顯然將過去在雪林中所見的形象作了一番心理活動，乃有精確的描繪。作者的想像力及理解力只完成一半。
宗華〈夜〉	偉大的夜 我起來頌揚你： 你消滅了世間的一切界限， 你點燃了人間無數心燈	作者動機慾望極強，但迷戀於自我的感覺中，未能在心理活動時選擇適當的形象來表現，因此雖然寓意甚佳，然出手太快，幾句話就把意思表達完，毫無餘味可言。亦即形象未選擇（

想像力全未作用），其語言選擇必弱。作者的自我評斷力甚弱。

白萩

〈雁〉

我們仍然活著。仍然要飛行
在無邊際的天空
地平線長久在遠處退縮地引逗
著我們
活著。不斷地追逐
感覺它已接近而擡眼還是那麼
遠離
天空還是我們祖先飛過的天空。
廣大虛無如一句不變的叮嚀
我們還是如祖先的翅膀。鼓在
風上
繼續著一個意志陷入一個不完
的魘夢

在黑色的大地與
奧藍而沒有底部的天空之間
前途只是一條地平線
逗引著我們
我們將緩緩地在追逐中死去，
死去如
夕陽不知覺的冷去。仍然要飛
行
繼續懸空在無際涯的中間孤獨
如風中的一葉
而冷冷的雲翳
冷冷地注視著我們。

作者動機明顯，可能基於對人世相當深刻的體認，此體認是抽象的理念，故向可能的感覺中尋求形象以求表現。而既決定以雁的飛行爲寄託對象（其實他種飛行物亦無不可），則自我浸淫於飛翔的感覺中，以形象與語言交換思考，終得寓意明顯的表現。末兩句使該項寓意不會超過形象的負荷。作者的想像力與理解力均甚強。

陸

詩的創作是一項複雜的心靈工程，實在很難像胃肝脾般解剖分析，上面所述，不過是勉強的「操刀」，何況詩的形式和寫法千奇萬變，端存乎個人意願和喜好。然而如能不時「敏化」自我的感覺，在創作未起之時，即不斷從事各種感覺活動，擴張自我經驗的廣度和深度，則一旦進入心理活動階段，才不會「遍索枯腸，乾坐終日」。亦即要想提高「形象選擇」的機率，則唯有從平常著手。

而從前舉數例也可看出，「形象選擇」並非漫無節制，有時單純化、細微化（如〈落日〉、〈電鎖〉、〈中夜鐘聲〉、〈死水〉、〈雁〉等詩）要比牽扯過廣（如〈子夜歌〉）來得容易精簡，而詩本借助精簡的語言，要表現的事物也不可能太多，故貪多無用，反不如對單純物象的體會多下點功夫。

選擇與組合（上）

壹

有個朋友想盡辦法，把家搬到新店的山上去，沒有鄰居，只有風景。他們就在那片風景中蓋了幢純中國式的兩層樓房，一磚一瓦一木一石皆是自己設計自己挑選的，從內到外，完全的中國化，看過的朋友都差點把眼睛凸成顯微鏡，裏裏外外看個够，口中讚歎不絕。我們問她如何得之，她說她「選擇」了自耕農，而且把學過的藝術作了渾身解數的「組合」，又說，因爲「選擇」了風景，所以才比較容易把夢「組合」。而我們呢？是不是選擇了紅塵，才無能把美夢拼圖，而且老是有些灰塵落在夢的青瓦上？

選擇果眞影響組合嗎？就像選擇嬌妻與悍妻、舊大陸與新大陸一樣？或者像畫一幅靜物，你把水果、花瓶擺在桌上，挪來挪去，找不到一個好角度，想一想是不是桌布有問題，換個顏色吧，不對，換個花瓶吧，又不對，加幾顆荔枝如何？……於是就在選擇與組合間往復來回，每次選擇可能有多項組合的可能，組合多次而仍不能滿意，則得換個選擇，也或許加個或減個選擇，其機率不斷變動。有人不論怎麼選擇照樣有好的組合，有人各種選擇都找不到好的組合，就像有人無論住什麼地方都不快樂似的。於是想到詩。

詩是一種強勢語言，它以語言本身的自足自滿爲最大目的，因此有異於平常語。詩需要有聯想，平常語也不是沒有聯想，但詩的聯想必須是新的，它最好是在最短的語言中有最多的聯想。亦即，詩希望在最簡潔的語言「組合」中「選擇」了新且多的想像。一首詩應該是好的選擇與好的組合（如前述在山上風景中蓋了幢好的房子），要不然是最好的選擇（如在風景中蓋了間茅屋），再不然也要有好的組合（在紅塵中有間自己滿意的房子）。當然，詩的選擇和組合是自由多了。

貳

要說明平常語與聯想的關係，及選擇與組合的重要性，可舉一二小例來看，並借用雅克愼（R. Jakobson）的「對等原理」加以說明。

比如洪秀貞的詩句：

①慾望編織的粗網
如何捕捉愛那樣細小的魚

這兩句如寫成平常語就成了：

②一般人重性不重愛

③粗糙的慾望不易有愛

寫進比喻則成：

④以慾求愛
就像用大網捕捉小魚

⑤慾望像粗網，愛似小魚
如何捕捉得了
⑥粗糙的慾望，粗糙的網
嬌弱的愛，細小的魚

②③當然不是什麼好的組合，它只以概念表達了一種普遍現象而已。而當「選擇」了「以網捉魚」這一聯想加入時，「組合」乃有了重新變化，它可能有④⑤⑥及①等不同的組合方式。當然以①最佳，它使新的選擇溶入了新的組合。上述「以網捉魚」即是雅克愼的「選擇軸」（或更早的學者索緒爾 Saussure 所謂的「聯想軸」「垂直軸」），「以慾求愛」則是雅克愼的「組合軸」（或索緒爾的「語序軸」「水平軸」），而基於「以慾求愛」與「以網捉魚」在某種層次來看，具有相似的「對等」或「同一」關係——表示同有「不可必得」的關係，尤其是將網加大加粗而魚縮小時，其同一關係就更爲強烈。因此「選擇」此對等或同一，將有助於舊的組合產生質變，使之由平常語進入詩的語系中。一如第一節所說，新的水果或桌巾加入靜物中，畫的組合必須重新調整。因此雅克愼說：

詩功能乃是將「選擇軸」上的對等原理投射於「組合軸」上。「對等」於是被提升為組合新語串的構成法則。

其意是說：當與平常語可以對等或同一的事物，被聯想「選擇」加入後，就得進入語言的構成法則中去尋求新的組合，組合成功或完美之際，詩句即完成。以圖表示則為：

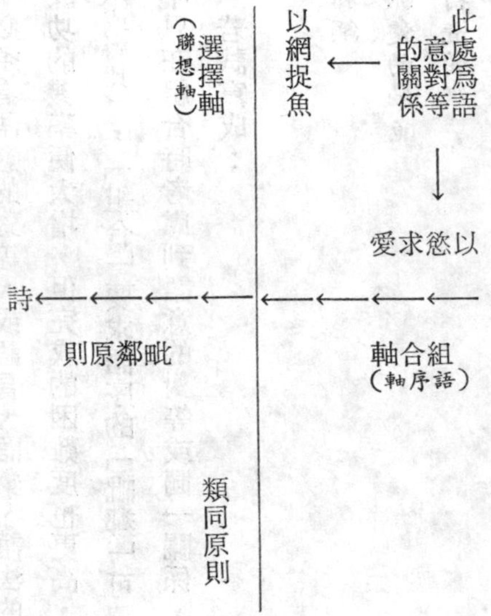

詩之所以成詩，必須有語意的對等，或語音、語彙、語法的對等，其對等的成分「選擇」越多，「組合」成功的機率便大增，但完成的困難度也更高，所費時間較多。「選擇」講求聯想的「類同」（或對比），「組合」要求語序的「毗鄰」可讀。

上例其實不只在組合時考慮到語意的對等或同一關係，其語言的音調，用辭和語法也經過不斷的試驗。若試寫成：

⑦慾的粗網
　怎樣抓愛的細魚
⑧慾望打造的網
　怎能抓愛的小魚

都不如作者原詩①，她把「編織」（作）與「捕捉」（用）對等，「粗」與「細」對等（語意的，相異也是一種對等），「望」「網」「樣」對等、「粗」「如」「捕」對等（語音），而「編織」與「捕捉」同放在三四字的位置，則是語法的對等。後面三種對等在絕句律詩中尤爲多見。

因而即使是一句詩也是把「選擇」投射於「組合」的結果。如鄭愁予的句子：

①滿街胭脂的流水可要當心

這雖只是一句美的警語（見《藍星詩刊》二十三期第九頁），但經過一些轉折：

①滿街的車子可要當心（舊組合，平常語）

②滿街的女人可要當心（玩笑的平常語）

③滿街的胭脂可要當心（與女人的聯想加入，新選擇，語彙的對等）

④滿街胭脂的流水可要當心（車如流水的舊聯想加入，兩種選擇使得組合再變）

⑤要當心，滿街可都是胭脂的流水啊（語法改變）

⑥滿街胭脂，小心淹沒（選擇不變，組合改變）

選擇既定，組合常受限制，除非從「胭脂」和「流水」中跳出，另作選擇，較易有新的組合。否則「牛角尖」會越鑽越尖，此時第二者或第三者常有點醒的作用。

叁

下筆前的聯想範圍常會左右選擇的深淺和詩的內容。爲說明方便，茲以筆者的一首詩爲例。此詩寫一種恐懼與無知紛雜於心的感覺（以「黑鷹」爲題），聯想初期就差不多決定了詩的內容，只是句數與語言仍三改四改，發表前的草稿大約如下：

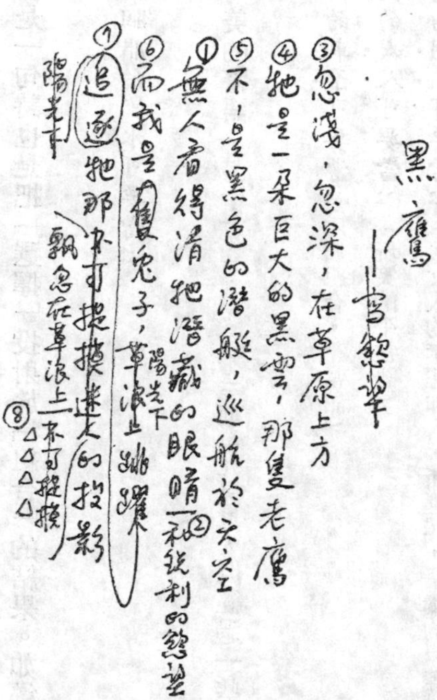
黑鷹 ——白靈
③忽淺，忽深，在草原上方
④牠是一朵巨大的黑雲，那隻老鷹
⑤不，是黑色的潛艇，巡航於天空
①無人看得清牠潛藏的眼睛②—種銳利的慾望
⑥而我是一隻兔子，陽光下 草浪上 跳躍
⑦追逐牠那不可捉摸 迷人的投影
陽光下 飄忽在草浪上 不可捉摸 ⑧ △△△

寫的當中大半「選擇」並不變，只是語言順序、語彙的決定不斷翻來覆去，等到發表後仍不滿意（被催稿而早交了）。經二三度的重予「組合」——以「黑鷹與兔」表達「慾望與無知」的對等關係則大致不動——只老覺得有些語言囉嗦或過長，如「飄忽在草浪上」及「眼睛」「陽光下」等是不是有其語言的必然效果，末了才改成如下面貌：

無人看得清牠潛藏的慾望
一朵黑雲忽淺，忽深，在草原上方
眞像黑色的潛艇，巡航於天空
而何故我竟成了灰兔？沒命地追逐
牠那襲——滿地飄忽的投影

（〈黑鷹〉）

雖然對「眞像」「灰兔」仍不滿意。而除非能跳出「黑鷹與兔」的「選擇」，否則其「組合」可改變者似乎彈性不廣。

再以另兩首〈颱風〉爲例。本來只寫成颱風的地理特性，並將之當「變化球」看，強調趣味性而已。「選擇」的是颱風與球形相似的對等關係：

螢光幕上幽浮來又幽浮走的，是個壞球
下墜球會到香港，上飄球則入蘇杭
當門窗都被風吹成口哨，螺旋早把臺灣捲入瘋狂
沒有一棵樹挺腰揮棒，茫茫大海中誰是投手
衛星揉眼看，小心，又一顆變化球側身投出

（〈連環泡〉〈颱風之一〉）

上例的「選擇」顯然有限，因此所有的「組合」乃都在字句上打轉，如第一句和第三句。寫完後覺得颱風應該也有它代表的意義，乃將之不斷「虛化」，最後決定以其流動與陸地之不流動相互對比，如此一來，便易與其他事物聯想，「選擇」性乃加多，其「組合」於是迥異於前詩。但在字句的斟酌上仍頗費周章，經五六次之刪改，定稿前其草稿則如下圖所示，語法的安排組合頗影響形象的顯明，尤其前兩行：

④漩渦似地旋轉，③繞一点透明在中心

颱风出發了，の氣呼呼捲起一片海

揉柔風雨於掌中，為一球 天海对大陸瀟灑排出 地一拨

那是礦对向的強烈不满，流动对不流动 纖衣的 最後清場

千軍萬馬一起咆哮了，是对肉猛烈橫掃著⋯⋯

②把大自然的 风雨揉成一球

漩渦把中心轉出一点透明

改定稿則如下：

把六百公里的風雨摟成一球，海要遠征
狂飆的中心藏著慈祥透明的眼睛
愛要孔武有力，總是摟著恨，不懈千里
狠狠一擊，大海對大陸，流動對不流動
靈對肉，千軍萬馬地咆哮、踐踏……

（〈虛與實〉〈颱風之二〉）

用力雖大，效果則仍難滿意。

肆

前數例只是說明「選擇」與「組合」在實際寫詩時可能的運作功能。下筆前的醞釀常有左右一首詩「後半生」的存活率，選擇軸投射於組合軸的可能性越多越廣，其成功的機率即越大。然而一經「投射」於組合軸上，則如受精卵，完全成形所費的時間常數倍於前者。其成敗則必須兩者合作愉快。因而組合軸與選擇軸的相互滲透也並非不可能。

選擇與組合（下）

壹

這是個講究創意的時代，各行各業都在找尋創意、激發創意、選擇創意、組合創意。許許多多的人在自己的創意或羣體的創意中，自得其樂渾然忘我。文學藝術面對眾多走入其他領域卻樂而忘返的人們，不得不把屬於精神屬於創造的領土一塊又一塊地分割出去。今天你已經不得不承認，設計一幅叫座的卡通人物，發展出新的中文電腦輸入法，於螢光幕上轉動一輛立體的新車型，或任何一件新產品的設計開發等等，這其間總帶有一些完成時精神的快感，和欣賞時自我陶醉的暫時性美感在內。若它們與文學藝術有別，可能只是時空性或恆久性吧。這是一個創意與文字都四處氾濫的年代，然而畢竟，「棄絕文字」還是成了這社會年輕人越來越普遍的現象了。

詩是語言文字的運用中最講究創意的。怎樣透過詩，不論直接或間接——是透過詩本身或透過歌詞、廣告，或任何媒體——讓詩的領土不至於被其他工具性的文字「化整爲零」；同時如何透過詩教，讓更多年輕人被迎入詩國而非提高詩的身價將之阻絕於門外，讓他們也樂於「選擇」詩「組合」其人生，恐怕是值得進一步探討的課題吧？

所有的「創意」都講究「水平思考」，它希望在一加一等於二的「垂直（邏輯）思考」之外，發揮輻射性想像的功能。「選擇」便是在此水平輻射的當下盡情地胡思亂想，隨後即以之納入各種可能的「組合」中，透過自覺與判斷（此時垂直思維的解析性也發揮其功能），從不同的組合中「擇一而終」。垂直思維講求的常是一種「秩序」。在詩中，「創意」與「秩序」都是必須的。

貳

水平思考是要在平常中看出不平常，也就是要不時地「大驚小怪」，把舊有的關係扯斷打斷，拉起一條條新關係來。在詩中，它就是所謂的「妙觀逸想」，因此也有人將此思考方式名爲「神話性思考」。比如下列的散文化句子：

花香千絲萬縷
默默吸引著一朵
迷路的蝴蝶

「吸引著」三字是非常普通的詞彙，如果應用前文所說語彙對等的方式，將之轉換爲⑴逗弄著、⑵網住、⑶牽引著、⑷乾坤著，的任何一詞，顯然都要較「吸引著」有更多的感覺，也是比較好的組合，這「比較」不能不有一番費心。最後擇⑷，則成：

花香千絲萬縷
默默乾坤著一朵
迷路的蝴蝶

「乾坤著」要較網住、逗弄著或牽引著都不具體不清楚，然而想像空間卻更大。

許許多多的詩便常透過此詞彙的「選擇」來完成，它離日常語言並不遠，比如許茂昌的詩句：

1狂犬病在砲口上呼嘯
2人性在瞄準中一一倒下
3蝸牛匍匐這麼久才找到牠的哲學
4戰場上
5一個戰友被我絆倒而我被槍聲絆倒

上述打了「・」的詞彙如果分別改成「砲彈」「敵人」「家」「他」，那麼就接近散文了。

而我們可以發現一首詩或一段詩如果句句都出以神話性思考的語言，那麼句與句的關係常會較爲「混沌」或「鬆動」，因此偶爾可任意將之調換，如前引五句的1 2 3互調，或4 5二句調至前面，效果相差並不遠。亦即其「組合」常非唯一。又比如許茂昌的另一段詩：

1湄公河永遠浮在和談與槍管上

2村莊永遠活在虐待上
3嬰兒活在夭折上
4小孩已習慣擁抱戰死的父親乾涸的名字
5人民已習慣生長在救濟品與地雷間

1至5句都有其創意，而秩序卻可任意調換。句與句間並沒有絕對必然的邏輯性。

再如戴望舒的〈夕陽下〉首段：

晚雲在暮天上散錦
溪水在殘日裏流金
我瘦長的影子飄在地上
像山間古樹底寂寞的幽靈

1 2句其實各自獨立，互換時影響並不大，除了「錦」「金」的平仄會略有不順外。而3 4兩句是合成的，若要倒裝，其實也無不可，只是稍覺勉強。且此處，因「影子」與「幽靈」

較宜在「晚雲」與「殘日」之後出現，因此並不宜將34句調至12句之前。因此句與句間的邏輯性越強時，在組合上便會越趨向唯一。亦即，詩句間常會把水平或神話性思考夾在垂直或邏輯性思考當中，或者說，邏輯性語言在詩中常會給神話性語言一種秩序關係。比如洛夫〈石室之死亡〉的第六首後半段：

有時也有音響，四隻眼珠在一起摩擦
黏膩的流質，流自午夜的鼻樑
裸婦們也談論戰爭，甚至要發現
他們肢體究竟在何處發出叫喊
且口渴如焚，如剛種的斷柯

其中1與2句、3至5句各隱含邏輯關係，也各內含神話性語言在內。本來如把12句調至第5句之後，意義上差別並不大，然而卻因「有時也有音響」必須擺在「裸婦們也談論戰爭」的音響之前，於是在組合上仍以目前最爲適當。

另以劉洪順的〈繫在鳥嘴上的安魂曲〉爲例：

印在玻璃上的臉孔，沒有歲月
躺在墓草中的足跡，不須流浪
縫了又補釘的陽光，無人偷取
憶起又忘掉的往事，偶爾叩門

歲月在聽，聽唱歌的孩子變老
流浪在等，等死去的花朵復活
偷兒哭泣，哭光陰的賊教壞他
門深似海，愛穿越波濤載走你

此詩首段如果都拿掉逗點，則可看出每句均屬神話性語言：

印在玻璃上的臉孔沒有歲月
躺在墓草中的足跡不須流浪
縫了又補釘的陽光無人偷取

憶起又忘掉的往事偶爾叩門

如此四句之間即使互換，其關係並未有太多改變，後四句亦同。當然，對作者而言，仍有其組合的最愛和如此安排的理由。

在這首詩發表（一九八八）的十二年前，余光中也寫過形式上下對排的〈公無渡河〉：

公無渡河，一道鐵絲網在伸手
公竟渡河，一架望遠鏡在凝眸
墮河而死，一排子彈嘯過去
當奈公何，一叢蘆葦在搖頭

一道探照燈警告說，公無渡海
一艘巡邏艇咆哮說，公竟渡海
一羣鯊魚撲過去，墮海而死
一片血水湧上來，歌亦無奈

此詩創意是古詩新用，文白之間產生張力，雖然其他句子也都擬人化，如「鐵絲網在伸手」、「望遠鏡在凝眸」、「蘆葦在搖頭」等，屬神話性語言，但並不強烈。而從鐵絲網一直到「一片血水湧上來」卻有很強的邏輯性在內，此種秩序的安排，加上古詩的上下對置，形成一整體性的效果。也可以說「秩序」本身凸顯了「創意」。劉洪順的那首詩每句則均屬自足的句子，其主因是神話性語言具有「壓縮」效果，讀者可任意在其間停留；而邏輯性語言卻將其效果擴散到數句之間，讀者必須讀完之後才能整體體會，如有神話性語言夾雜其間，效果須得一句句地去收穫。

結束本節之前，可再以羅智成的〈恐龍〉為例，原詩很長，舉其一至五段：

時間最大的標點
在失去的上下文中懸置……
遺落了果實的竹簍
這石與肉鑄成的雕塑
這搖晃的燈架，我感到
對肉體有著不可磨滅底

眷戀。

蟻螻列隊走過
巨大的脚趾虛懸
那曾是雷神的印戳
雨後遍蓋於
地球軟軟的額頭——
高聳的背脊
現在是斷裂的弓
無法蓄存一點力氣

空虛的頭髗
鬆脫了森嚴、綠色的歷史
弧度優美的頸項
是修長的狡橋

連接飛鳥的視野
和龐大，憂愁
必然腐朽的軀體
成排的肋骨
徒然的槳
在平滑如水的地面
船首蹺起
顯然是重重地
撞在礁石上

此詩意象豐富，神話性語言處處可見，因此句與句或段與段間的必然性不是很強，讀者可踟躕於某一段一讀再讀。而3至7句其實與13至15句，或23至24句有關，即使將之合併，讀者仍難感覺其間的差異，甚至中間兩段對調，效果仍不壞。此種鬆動或彈性，使得「組合」有各種可能，這是神話性語言值得注意的地方。

叁

「創意」常是突如其來，無秩序的，它須在進入「秩序」之前發生，水平思考必須先於垂直思考，亦即神話性思考常能引發或左右一首詩的成敗，而邏輯性思考則幫助其完成。

底下以幾首寫黃昏落日的詩爲例。

作者詩題	詩例	說明
周粲 〈暮色〉	怎麼逃呢 那逐漸傾斜 終至於 轟 然 倒 下	此詩除最末「暮色」兩字外，其實都是有散文傾向的邏輯性語言，無非在安排一種氣氛，以凸顯其神話性思考——與讀者的期待不同。因此「暮色」二字即使換成「落日」「眼淚」「一朵荷花」等，效果雖差，

	的 竟不是一面高牆 或者一棵大樹 而是扶也扶不住 　扶也扶不住的 暮色	仍可容忍。但仍以「暮色」較不具體，想像空間反而較大，與倒下的必然是實體的期待差距更遠，效果更佳。
非　馬 〈在密西根湖邊看日落〉	猛燒了一天 想把每張作孽的臉都 　燒成黑炭 卻在緊要關頭 又軟下心來 把通紅的大火球 扔進水裏 滋滋聲中 我看到大得像海的密 　西根湖 整個沸騰了起來 載浮載沈的空罐、針 　筒、塑膠杯盤…… 便紛紛從地球的每一 　個水面 湧向這翻滾的大鍋 昏暗不點燈的餐室裏 一個孤單的老人 正喃喃舉起 　他的刀叉	此詩的神話性思考在火球落湖的必要性以擬人化的「心軟」及聽覺意象「滋滋聲」帶出。把湖誇張成海，無非使對比更強。卻足足用了九句邏輯思考的語言才完成，神話性思考卽夾在此語言關係中，效果須讀完九句，並與題目聯想才能獲得。第8句並不理想，如寫成「煙霞瀰漫，海樣的密西根湖」，氣氛或更易烘托。

筆　者 〈爭執〉	徐　剛 〈落日〉
黃昏是白晝與黑夜浪漫的爭執 雲朵把滿天顏料用力調勻 天空再也抱不住的那 落日——掉在大海的波浪上 彈了兩下	一杯火紅的酒，像血， 大海因之而燃燒。 渾濁與苦澀，金碧輝煌， 月亮升起了，在遙遠的東方， 恬靜，美麗的魔鬼一樣， 披著長髮，柳絲是另外一種波浪…… 海仍然是海， 苦澀的心，渾厚而寬廣， 珍珠裏有渾圓的月亮。
此詩的神話性思考在最末的「彈」字，其餘幾句都是爲此「彈」字而服務。除了第2句略具神話性語言，餘三句都有散文化傾向。「彈」字如改成「晃」「沈浮」，則將與讀者期待過分接近，注定失敗。	此詩的神話性思考並不清楚，前三句的邏輯性有問題，第3句與前兩句也無必然關係。卽使寫月亮也陷入同樣困惑，或許作者情溢於辭，無法做冷靜的思考所致。

司馬青山〈落日〉	咦！是什麼偉人的祭典呢？ 如此地轟然　如此地輝煌 在船上　只顧迎接暈眩 而我們無暇參加　僅有歎息 僅有些兒搖曳的觀望 彩霞　披一身明麗的禮服趕來 雲致默哀　浪花合十膜拜 行列裏　擠滿水波的翹望 榮耀哪　落日以金絲的網 收斂起滿天餘暉 匆匆潛入大海	此詩的神話性思考在「祭典」及「金絲網」，神話性語言最強的爲後三句。然而其餘各句與後三句的關係並無因果必然，使其聯繫產生斷層。第一段出以邏輯性語言，較爲生硬，尤其第2句，如果有一兩句神話性語言加入，整首詩效果會更好。
余光中〈金色時辰〉	最可惜是這奇幻的時辰 光是斜光，影是側影 一整幅不可能的絢豔 用旭日的細絲線 一針針密密地鉤成 只要你能够找到線頭 輕輕地抽，靜靜地收	此詩的神話性思考略似前首的「金絲網」，但卻多了網中物「赤金鱗」，及造網收網的動作。前三句有散文化傾向，無非營造氣氛。後幾句邏輯性思考將前述的神話性思考納入其中，必須一句句讀來，才能獲

就能够把這滿海的赤金鱗 一網都打盡	取最大效果。而網字最後才出 現，有點睛之意。

由以上數例可看出：

(1)神話性（水平）思考常能左右一首詩的成敗。神話性思考並非得有精美的神話性語言（如前節所舉劉洪順、羅智成的詩），而常只是出人意表的「創意」（如〈暮色〉）。

(2)純邏輯（垂直）思考的語言雖有散文化傾向，但可借以烘托一首詩的氣氛（如〈暮色〉前十二句皆是，或〈金色時辰〉前三句）。但不宜極端的散文化（像「如此地轟然如此地輝煌」般的句子），整首詩將大受影響。

(3)神話性思考可夾雜擴散於邏輯思考的解析性語言中，效果常無法於一二句間獲得，而須於一段詩中完成（如〈在密西根湖邊看日落〉之前九句及〈金色時辰〉後六句）。這也可解釋，散文詩之可能成立的原因。

(4)神話性思考講究「創意」，即「聯想的選擇」，邏輯性思考要求「秩序」，即「語序的組合」，若創意不清、秩序模糊，則無可「選擇」，「組合」也會發生困難。如徐剛的〈落日〉。

(5)神話性語言常在一兩句之間完成，其畫面較爲靜態，動作性不大（如戴望舒〈夕陽下〉前兩行，司馬青山〈落日〉末三行），而如改以邏輯思考助其完成，戲劇性動作更大更自由，畫面較易生動（如非馬及余光中寫落日部分）。

肆

詩是語言的選擇與組合，選擇須有創意，創意來自水平思考或神話性思考，注重的是聯想的自由。神話性思考不一定能寫出神話性語言，如「母親在廁將桌上收房租，父親在K舞孃窄裙下治療氣喘」、「老師用鞭子解釋愛，學校用廁所集體勞改」（劉洪順），它常須將日常語言「壓縮」或「置換」（對等原理的運用）而得，這需要靈感、努力和運氣。而如能在神話性語言之中能有更深沉的人生體會，比如（第二句。第一句仍爲邏輯性語言，爲第二句營造氣氛）：

我不能遊戲，在火把林立的地方

我感到光的危險先於光的幸福（洪秀貞）

或如下面兩句詩：

卑鄙是卑鄙者的通行證
高尚是高尚者的墓誌銘（北島）

而使語言不純粹停留於詞彙的壓縮或代換，這就得靠一點才華了。

當然，前面也提過，神話性思考所得的創意可散布融入於邏輯解析性的語言中去緩緩釋放、完成，所得的畫面可能更生動。另外值得注意的是，一首詩中過多的神話性語言有可能造成結構上的鬆動或鬆散。邏輯性語言或可予以補救糾正。

分眾後的新詩

——新詩趨勢小論之一

二次世界大戰後四十餘年，要以這幾年的變動最富戲劇性和關鍵性。短短數年間，臺灣歷經了哈雷彗星來訪（一九八五）、解除戒嚴（一九八七）、黨禁報禁解除、蔣經國去世（一九八八）、開放大陸探親、天安門事件（一九八九）、東歐共黨各國骨牌似倒臺（一九八九）、民主女神號事件（一九九〇）、主流派與非主流派政爭、伊拉克侵科事件、德國統一（一九九〇）、最近蘇聯的解體（一九九一），以及金錢遊戲極端盛行（一九八九～一九九〇）等等波瀾直接或間接的衝擊。這其中，以龐然沛然的「蘇東波」最是「致命的吸引力」，想擋也抵擋不了，而令人備覺「亢奮」。積壓在數十億人心頭上的重負似乎解除大半，令人人心門突然一寬。

臺灣詩人在種種波浪的衝刷和激盪下，也感覺到了無比的壓力和莫名的興奮。因此在八

○年代後半葉，詩人的創作態度、活動與創作內容，多少都受到了波及。首先是創作人數銳減不少，這與世界舞臺上好戲連連、英雄狗熊輩出不無關聯，老一代詩人（五十歲以上）與壯年一代詩人（三十歲以上）常發表詩作的加起來不到三打。年輕一輩肯以詩爲職志的較前兩代詩人當年奮勇出發的情形（均約一至兩百人）相比，似乎少卻許多，創作的文體也較少專職於詩，經常旁及小說、散文、評論、報導、戲劇及歌詞。其次是發表的園地也有漸減的趨勢，而詩社的活動則漸邁向整合。一九八五年臺灣可發表詩作的報紙副刊有十五種、文學刊物十三種、詩刊十九種，約有一千位有名或無名的詩人發表了約四千八百首詩作，其中近半數作者均只寫了一首（據何聖芬統計）。到了一九九○年不論媒體或創作數量都已有銳減的趨勢，老詩刊繼續出刊的有《藍星》、《創世紀》、《現代詩》、《葡萄園》、《笠》、《秋水》、《大海洋》等，且大多已換上年輕一輩當主編。但一九八五年曾出過刊物的《草根》、《掌門》、《掌握》、《詩友》、《洛城》、《草原》、《南風》、《五陵》等年輕詩刊到了一九九○年則已全數銷聲匿跡，其他如《曼陀羅》、《新陸》、《四度空間》、《地平線》、《薪火》、《風雲際會》等更年輕的詩刊（與詩社）則仍斷斷續續活動中，其中的成員相互「跨社」成了極普遍的現象。一個初出道的年輕詩人常同時加入多家詩社，這與老詩社過去壁壘分明的作風極端不同。這些年輕的新詩社中以「新陸」的活動最頻繁、詩刊的分量也够，有整合最年輕一代的特色。至於詩人們創作的手法與內容則可說百家並陳，並無主流可言，因此寫實主義、新即物主義、新古典主義、超現實主義、後現代詩風等等明朗或晦澀、新或舊的表現技巧，在這幾年間並存於各詩社的文字討論與詩人作品的字裏行間，如何採用與詩人的個性、氣質、師承、喜好有關，而與流行無涉。因此極端明朗與極度晦澀的作品常會並陳於同一刊物中，尤其大陸詩人作品進入臺灣刊物後，這樣的現象更爲突兀。

這幾年臺灣詩壇如果有什麼變化，其實與臺灣社會的變化，乃至整個世界的變化是一致起伏的，而這些變化可說是「德先生」與「賽先生」共同促成的，由「質變」到「量變」，以致一發不可收拾的過程。這些變化可包括：

壹・民主波瀾的巨大衝撞

詩人的作品中與這幾年發生的重大事件較相關的可包括哈雷彗星來訪、蔣經國去世、六四天安門事件、民主女神號事件、開放大陸探親等，其中「蔣」、「六四」、「探親」等均在短期間內有大量作品出現，尤其前二者均超過兩百首，且曾結集出版，充分反應了臺灣詩人對重大切身事件立即反應的能力與某些「情結」的類似性。民主即在爭取發言權，「統獨」之爭顯然有升高趨勢，詩人的作品及目光也因而有「中國結」與「臺灣結」的大小情懷之別。與中國大陸劃清界線，以完全的「臺語」寫詩乃成了臺灣詩壇一部分詩人的一個不能放鬆的「歷史情結」。

貳・時空觀的嶄新變革

大陸開放探親，使得老詩人的鄉愁得以回歸，東歐蘇聯的容許旅遊，令詩人的眼界大開，而電子資訊的無孔不入，大小耳朵的截取千里於一握，甚至「電腦動畫」的發展使人類可以自由描繪宇宙、人體、原子內部，乃至任何一個想像得到的空間，電子網路裏的小精靈如今已深深令人類的想像力裝上了具體的感官的翅膀。這些都是過去詩人很難想像的，面對這樣的時空變革，在他們的作品中即出現了大量的「探親詩」、「旅遊詩」、「科幻詩」、「電玩詩」等。

叁・物的地位顯著提升

前述的電腦動畫無疑是科技史上人類對想像力最狂野的發揮，沒有人知道他們的極限將止於何方。「人的思考」與「物的思考」可說已作了一次最瘋狂的結合，大大提升了「物的地位」。其他如遺傳工程的各種戲劇性發展，使得人類對生命的起源與人倫關係產生了革命性的變化，詩人對過去千載不易的生老病死等自然規律有了根本上的質疑。另外，這幾年間臺灣「金錢遊戲」盛行，股票、地下投資使近半數家庭狂熱地投入其中，股票指數爬上最高的一萬二又跌入最低的二千五，多少人積蓄一生又轉眼一貧如洗。這種種「都市機器」的運作起伏令人眼花撩亂，詩人們對此現象也是欲迎還拒，在他們的作品中出現了不少此類的諷喻詩。對都市的崇拜與鄙夷的兩極心境也頻頻出現在他們的詩中，如《城市心情》（侯吉諒）、《個人城市》（田運良）、《城的連作》（零雨）、《都市之甍》（林燿德）等都是結集出版的詩集。

肆・女性主義強勢擡頭

女性的經濟自主權使臺灣的不婚女子、單身貴族、女強人等大量增加，「未婚媽媽」經由女明星帶頭示範，更使傳統的婚姻觀遭受前所未有的衝擊。兩性關係的重新界定、性觀念的開放，使得女詩人在她們的詩中不再扮演柔弱女子的角色，而以較自信甚至嘲諷的態度來處理，對傳統的遊戲規則和愛情童話更是大加撻伐、嘲弄、解構、拼貼，這些也間接影響了男詩人對兩性角色的重予觀察。臺灣「後現代詩」的出現，即在「愛情」與「性」等主題的處理方式上，與傳統有了極大的差異。可以夏宇、羅任玲、陳克華等爲代表。

伍・傳播手法的多元發展

詩如何走入大眾一直是許多詩人關心且樂於參與的。從一九八五年「草根」詩社以全開詩畫海報形式出版詩刊開始，一個以「詩的聲光工作坊」爲名或相似的團體連續舉辦了「中國現代詩季」、「詩的聲光表演」、「貧窮詩劇場」、「詩壇俱樂部」、「詩與新環境」等等不同名稱的詩的傳播活動，將詩的發表觀念延伸至與舞蹈、錄影、幻燈、國劇、肢體表演、音效、相聲、詩劇甚至繪畫等多媒體形式相互結合，詩作品成了再創作的「素材」，此一觀念大大改變了臺灣詩朗誦數十年未變的舊規，而強化了表演者的原創力，這樣的活動至一九九〇年仍未停輟，影響層面頗廣。另外詩與廣告、商品、歌詞的結合，也間接傳播、強化了新詩的生命力，這樣的現象已有越衍越熱烈的趨勢。

陸・分眾社會下的焦慮

臺灣這幾年喊出了「搶救新詩」（《文訊》雜誌一九九〇年六月號）的呼聲，其實與整個社會的邁向「分眾」有很大關係。資訊的發達，使得各行各業都潛能無限且可竭盡所能，文學不再是精神的唯一救贖，物的地位大大提升使人們不再視「物」為形而下，卻可能因與人的智慧想像結合甚至形而上起來。臺灣詩人在面對這樣千變萬化的社會，顯然成了「適應不良症候羣」的典型代表，這幾年內停筆不前的，包括老中青三代均不在少數，變動中「平衡點」的重新尋求成了他們內心極度不安與焦慮的中心。詩作的質與量顯然急速銳減當中，因此如何迅速「定」、「靜」，然後能「慮」，成了他們回顧過去展望未來必須緊緊鎖定的目標。

然而時代的巨輪，並不會因轉瞬就過去的這世界的大變動而緩慢下來。在可預見的將來，下一局棋顯然將從歐洲移至亞洲，而扮演的主角必然是中國人。立足臺灣的詩人將如何觀察、扮演，乃至反應即將來臨的更大變動的時代，實值吾輩深深期待和預先加以思考。

變與不變

——新詩趨勢小論之一

從來沒有哪一年的變化，會像過去的這一年（一九八九）這麼戲劇化。數十年縈繞糾纏的鄉土轉眼就踩在腳下，幾十載攻不破的堡壘和堅持數夕之間骨牌似地連串倒塌，強硬的瞬時軟弱，呼喊塞住了槍管的呼吸，鮮血潮濕了大砲的膛管，由東到西，由西再向東……動員的不只一人一國，它是人類羣體力量找到的共振點。這一年的變化讓我們對未來十年，甚至下一世紀可能的變異，產生無比的期待，過去停滯不前的漩渦和死水有可能在洪流之下被摧毀改觀。許許多多以爲一世紀之間難以變動的開始有了突變。同時，過去以爲幾千萬年都不可能有太大變化的「生老病死」，也在遺傳工程和醫療技術的進步下，有了根本上的「可變性」。冷凍胚胎、無性生殖、基因工程、器官移植等等，使我們的輪迴觀、宿命論、宗教信仰、傳統倫理……等等幾乎顛撲不破的眞理受到極大的挑戰。這琳琅滿目的變異，讓我們深深體認到，整個地球是一體的，是一起成長一起變化的，再也難以區隔獨立出更小的空間，就像臭氧洞的產生、擴大、受害和治療，都與每個國家每個人息息相關。而主導這一切變化的，仍是「科學」與「民主」這兩個爭吵不休的主題。它們是互補互動的，今日民主潮流的壯闊洶湧，科學中的「電腦」扮演了極端重要的角色，它使得資訊的傳遞無遠弗屆無孔不入。過去的世界再變，自然是自然，人仍是人，物是外在的，如今它的地位卻顯著地提昇了，人腦的思考必須與電腦的思考互動、互助；同時，眾多的人腦在電腦中也獲得整合，個人的力量越來越無法自給自足，所謂「英雄感」、「完美感」越來越弱，而集體的力量卻越來越重要。今日之專制城牆被推倒、民主大樓之矗立、超巨型智慧電腦之發展、太空梭之飛天，乃至一首大合唱的完成，個人英雄式的獨特性越不容易凸顯，而且顯得有限而脆弱，羣體的智慧和創作愈發重要且易流行。

詩人在面對未來的環境時，可能會因而有如下不同的省思：

1. **變與不變的界限可能模糊：**

詩人過去處理題材時可能認爲不變的生老病死、自然、星辰、宇宙、人性中的好戰、好色、殘忍、孤獨、愛恨、七情六慾……等，會因「物」的 power 太大，遺傳工程的持續發展，而有不同的思維模式，對過去的許多「眞理」，必須重新定位。過去的不可能在未來都有可能。人的價值也需重新思考。

2.人與物的界限可能模糊：

人因與智慧機器的混雜，使得人與物的溝通愈發容易，而人與人的溝通因專業性的細微分類而愈加困難。

3.個人與羣體可能糾纏對抗：

個人會因有限的智慧、脆弱的人力，在羣體中愈顯得「渺小」，而集體性的智慧、集團式的競爭成爲趨勢，必然使許多個人的表現慾受到壓抑或質疑，使得人與人、人與媒體，以及媒體與媒體間的關係愈加錯綜複雜。個人的存在感和苦悶感也必導引新的個人主義產生。

4.文學藝術不再是精神的唯一：

未來創作的方式和方向會因電腦的高速發展使人們可寄託其創作慾望的領域更加廣闊，「入門」會更容易，要凸顯獨創性卻也更難。文學藝術的小眾化和商業化成爲必然。

5.文學藝術的整合越來越重要：

未來創作時，各種文體形式相互掛鉤的可能性愈來愈大。詩以其極富彈力的特性，其深入歌曲、廣告、小說、散文、電影、戲劇、多媒體製作等等，將使詩的形式與內容有可能分離。詩人除寫詩外，兼職其他文體的也會越來越多。

詩人在提筆創作時，則有可能朝下列方向發展：

1. 詩人的時空觀：

這世界已必須更加「宏觀」地觀察了解，所謂小國小民的思維模式將受到極大的質疑，而且可斷定這是不可能的，當然，我們仍然尊重他們發言的權利，詩要成其大氣候，要把眼光放大到全地球全宇宙，時間要上溯下推，切勿目光如豆。未來的世界變遷是詩人汲取不盡的題材。詩與歷史、詩與政治、詩與環境、詩與地方語言……等等要探討的主題，在臺灣在大陸會再三重新上演。

2. 詩理論的科學化：

過去所謂詩原理詩討論的文章大多空洞不務實際，一點點思想常抖成長篇大論。更爲邏輯性、簡單性的規劃整理，分門別類、條理清楚，有其必要。對詩語言的破解分析也可能借助電腦。詩與人類心理的關係也應深入探討。

3. 詩創作可能與其他科技整合：

人類的想像力絕不止於今日我們所想像的，它可能借助電腦或其他科技予以激盪共鳴或重組，使人類的想像力達到一不可能的境地。而詩的發表形式有可能不借助文字，而由語言與其他媒體直接呈現。

4. 詩有可能朝集體性發展：

在過去，詩都是個人創作的，未來則可能出現集體創作的詩作，包括詩劇、詩電影、詩小說，乃至詩與歌、詩與廣告、詩與標語、詩與表演。其重點可能在語言與意象上。

5.分眾詩可能產生，小詩會流行：

由於知識專業性的細密，和詩創作入門的可能簡單化，使不同領域的人有可能寫彼此不易溝通的詩作。在詩領土上也有可能須「分眾」。而十行以內的小詩將是較易普遍化的產物。

6.大家都在找平衡點：

未來的人們因「各有所長」，對詩的需求和崇拜會大打折扣，詩在自我創作與讀者掌聲間要尋找一平衡點。詩人與世界的關係也在找平衡點，詩與語言、詩與想像、藝術性與商業性之間的關係也易糾葛不清，詩與其他文體的關係也是，大家都在找平衡點。這是過去幾十年幾千年的詩人還不曾遇到過的大難題。

也許只有當這世界的變動到達一臨界點——達到一幾乎再也不會大變的那點時，人們才會靜下心來，回過頭去審視人性中可貴而美好的一面。到那時，詩的純粹會無比的可愛，電波中除了音樂沒有其他雜音，人們的心中都藏了一片淨土。當然，世界大變特變，個人的變與不變並不見得會與之同步，變的是合音，不變的是清音，如何取捨，端視個人智慧的選擇而已。

處處回眸的天鵝

——漫談新詩流派(新詩趨勢小論之三)

對新詩的觀察是一件瑣碎卻很有趣的事。它最容易被記起，也最容易被忘記。它所受的褒貶常是兩極。時代在轆轆前進時，它老跑在前頭，衝鋒陷陣，卻常被拿來當「砲灰」。文化環境陷入躊躇困頓時，「詩的危機」、「詩的困境」、「詩的滅亡」等字眼則總是提早出現。詩與主義、革命、青年、熱情、熱血等字眼也老擺在一起。看來，詩應該是文化的英雄、時代最尖銳的號音，卻是帶點悲劇色彩的。

如果從藝術性的角度來看，它應該是喜歡處處回眸的天鵝。因爲沒有一種文體像新詩一樣，需要不時地溯本追源、回眸過往；也沒有文體如同新詩，七十年來反覆地引起論爭，關於形式關於內容。它好像一羣不太敢隨意成長的天鵝，無論羽色、翅寬、頸高、嘴型，乃至將來悠游或飛翔的方向等等，似乎都得事先向從前的老天鵝請益過，一番精心論比後，才好繼續生長。也因此，晚出的天鵝顏色品類總是駁雜，「尾巴」裏「師承」眾多，但更重要的是，它仍然拼命，想青出於藍，卻得付出數倍於前輩的心力。所以，新詩需要「典型」。很少人只讀古典詩而能寫出新詩，也少有人只讀一點新詩能把新詩寫好，更少有人在寫詩初期不帶有前人的一點尾巴。「典型」建立得越多，方向就越廣佈，新詩才有可能逐漸成熟。

壹・詩是文化英雄，卻常帶悲劇色彩

新詩是先有構想才有作品的。一開始並無所謂「典型」，胡適的《嘗試集》即是一本在「典型」闕如下，一次大膽卻不怎麼高明的示範。不是放古典詩的小腳，就是把翻譯詩〈關不住了〉等詩當作新詩的新紀元。放小腳的例子像下面他的這一首：

藏暉先生（昨夜）作一夢／（夢見）苦雨庵中吃茶（的老）僧／（忽然）放下
茶鐘出門去／飄蕭一杖天南行／天南萬里豈不（大辛）苦／（只為）智者識得
重與輕／醒來（我自）披衣開窗坐／誰人知我（此時一點）相思情

這樣的古詩新作當然不會有前途，然而在嘗試初期畢竟還是可佩的。但古詩中也並非全無典型可借力，主要還在個人才氣，稍後的聞一多常在新詩的前頭引一句古詩，並將之抖開引發成一首詩，如〈秋色〉引陸游「詩情也似並刀快，剪得秋光入卷來」，〈雨夜篇〉引黃庭堅「千林風雨鶯求友」，更有名的是將溫庭筠的「蝶翎朝粉盡，鴉背夕陽多」抖散寫成「鴉背馱著夕陽／黃昏裏織滿了蝙蝠的翅膀」（〈口供〉），再隔數年（一九三二），他的學生臧克家在〈難民〉詩中又改寫成：「日頭墜在鳥巢裏／黃昏還沒溶盡歸鴉的翅膀」，一次比一次精彩。

然而「脫胎換骨」是辛苦的，不如借助現有的「典型」。於是向西方乞援乃成了再自然不過的事。那年代懂得西方語文的並不多，「救兵」又散在世界各處，追究起來頗爲困難，因此以譯作混爲己作，以譯作與創作雜入出版是常有之事，迄今坊間徐志摩作品羼有少數譯作未被指出即是一例。而那時許多詩人不是留學歐美就是日本，向外國作品借取形式、搬弄主義，乃成了不得已、或者可說是相當時髦的事。如惠特曼和歌德之於郭沫若、哈代柯律治之於徐志摩、泰戈爾之於冰心、莎士比亞之於孫大雨、波特萊爾和魏爾崙之於李金髮及戴望舒、凡爾哈倫（比利時）之於艾青等等。一九三一年梁實秋寫給徐志摩的一封信即坦率指出：

你和（聞）一多的詩在藝術上大半是模仿近代英國詩，有時候我能清清楚楚的指出哪一首是模仿哈地（即哈代），哪一首是模仿吉伯齡。……我以為我們現在要明目張膽的模仿外國詩。但是模仿外國詩的哪幾點，不可不注意。我以為取材的選擇，全篇內容的結構，韻腳的排列，都不妨斟酌採用，但是音節能否採取外國詩的，我就懷疑了。這一點是最值得討論的。……

這封信有幾點值得注意：

⑴他說徐志摩和聞一多的詩「大半」模仿英國詩。而且哪一首來自哪一首均「淸淸楚楚」。以梁實秋對英國文學的了解，這句話當非妄語。

⑵梁實秋只強調他們二人的「模仿」，而未強調他們的獨創處何在，研究者有必要還徐、聞二人一個公道。

⑶梁氏強調「我們『現在』要『明目張膽』的模仿外國詩」，顯然對當時詩壇「偷偷摸摸」模仿稍有不齒。而且更重要的是，因非「光明正大」模仿，不免投鼠忌器，無法在檯面上作中西語言比較研究，使得「模仿」的效果大打折扣，無法更進一步開創發展，甚至有淪為抄襲唬人之嫌。

(4)他認爲外國詩的取材、結構、韻腳排列都值得中國新詩斟酌採用，但音節的問題卻值得商討。在這封信後頭他並舉聞一多的「老頭兒和擔子摔了一交／滿地下是白杏兒紅櫻桃」爲例，說明要像「頭、擔、摔、地、杏、櫻」等字，十字內都能有三重音是很難的。他的結論是「新詩的音節不好，因爲沒有固定格調」。他希望新詩人能「自創格調」（以音節組出），且要「練習純熟」。但他的這些呼籲數十年來似乎被「自由詩」給一筆抹殺了。

然而梁氏要求的「明目張膽」其實並未實現，「模仿」一直在「偷偷摸摸」進行，英、法、美、日、俄——那時世界的強國，在中國詩壇的諸多詩人中，不論取材、結構、形式、韻腳、節奏等等上面均作了史無前例的「心靈侵略」。甚至是「意識形態」的「自動轉移」，比如郭沫若的一段話：

> ……在《女神》的序言上，我說「我是個無產階級者」，又說「我願意成個共產主義者」，但那只是文字上的遊戲，實際上連無產階級和共產主義的概念都還沒有認識明白。……（一九二七年在《文學周刊》第十五期的一段）

郭沫若的《女神》是新詩界繼胡適《嘗試集》、胡懷琛《大江集》後出版的第三本個人詩集，出版於一九二一年，聞一多曾大力推介，說郭氏的詩「才配稱新」，「他的作品與舊詩詞相去最遠，最要緊的是他的精神完全是時代的精神。有人講文藝作品是時代底產兒，《女神》眞不愧爲時代底一個肖子」（見〈「女神」之時代精神〉一文）。此書在當時引起的影響不可小覷，然而郭氏卻說他在《女神》上的序言是「文字遊戲」「沒有認識明白」。這種將說過的話「始亂終棄」，卻不曾去估計在讀者心上引起的波浪漣漪有多大，便是筆者在此文開頭所說「詩是文化英雄，……卻常帶著悲劇色彩」的含意。

貳・新詩前三十年的派別

新詩起初因「典型」的缺乏，故引進了不少外國詩型、主義，或譯詩風格差距頗遠的外國詩作。當然，詩人也透過白話語言的特性作了一些實驗，比如民謠歌曲的採入即是一例。這些透過模仿或透過實驗的作品，在中國詩壇引起的振幅或頻率大小長短不一，其連鎖反應也相異。但「增多詩體」一直是那三十年間的時髦現象，也是因「典型」缺乏的必然結果。因此基於同道相聚、師生傳承或尊崇模仿，產生了大大小小、影響不一的派別。而一如我們將古典文學派別界定為，以作家分（如蘇李體、陶謝體）、以時代分（如建安體、宋詩派）、以地域分（如江西詩派、湖上詩派）、以題材分（如田園詩、邊塞詩）等多半是為了研究或說明方便，其實這些派別大多為自然產生，非刻意製造。於新詩的前三十年，則因所處時代的特殊、政治社會的變化多端，尤其加上引進外國詩型、主義等之複雜錯綜，故產生的派別區分頗為困難，屬於同一文學社團的不一定歸於同一詩派，如文學研究會、創造社、新月社等的詩人羣均有此現象。有的研究者因新詩派別的清晰度不一，乾脆以每十年作一區分，甚至頭十年就細分為好幾期。也有的以詩人處理的題材內容分，如浪漫主義詩派、現實主義詩派、政治革命派、頽廢派等。更有的簡化之，以主要代表人物分界，比如頭十年是郭沫若時期，第二個十年是聞一多時期，第三個十年是戴望舒時期，這些時期的分隔不一定是流派的意思，但正表示了這幾個人在當時的影響力和代表性，因此以個人風格等同於派別。大多數的研究者則將新詩流派混合式的分類，比如：胡適之體、浪漫主義詩派、現實主義詩派、小詩派、民歌體派、格律詩派、象徵派等，這其中包含了作家個人、詩型、主張或主義、地域、題材等的綜合。其造成混淆也令人焦躁不安。一九三五年朱自清主編《中國新文學大系詩集》時也只好說：「若要強立名目，這十年來的詩壇就不妨分為三派：自由詩派、格律詩派、象徵詩派」，而這恰好也是上面提到的郭沫若、聞一多、戴望舒三時期的分法。從其後新詩的發展來看，也果然是這三派的影響最大，到今天其影響仍未終止，只是象徵詩派衍化成現代派而已。

底下爲了就新詩的演變有一較清楚的面貌，茲將新詩前三十年曾有的派別作一表予以說明，其年代的始末在今日看來已不是非常重要，而如何從「回眸其中」獲得借鑑倒是重要的。仍是混合的分法，有些以「體」稱之，有些以「派」稱之，無非與其造成的影響有關。

叁・各詩派的論爭概況

一個詩派的產生常是對另一詩體或詩派的反動，早期白話詩體的過度自由，乃有後來格律詩派要求形式和音韻（音樂、繪畫、建築兼顧）之美的反動。格律派的「不自由」寫到後來乃有現代派想再「自由化」的要求，而此「自由化」又與胡適之體的平淡無奇或郭沫若的自由浪漫都不同，戴望舒在一九三二年提出了十七點看法，是對前述各種詩派的一項「總反動」，這些看法到今天看來依然非常新穎，筆者不憚其煩，將之重新臚列於下，以與前此各詩派的特點作一比較：

(1)詩不能借重音樂，它應該去了音樂的成分。

新詩流派	發生時期	代表人物（留學國家）	影響來源	特點	遭受的批評	的影響
胡適之體	最早（一九一七、二～）	胡適（美） 俞平伯 沈尹默 周作人（日）	1. 對舊詩詞的反動，白話革命。 2. 意象派的六大信條。	1. 打破傳統束縛，力求詩體形式上的解放。 2. 寫詩若作文。 3. 關心社會現象。	擺脫不了舊文學的影響，只著重形式上的改革，「我們要談新詩，最先就要把胡適之來冷淡」（邵洵美）、「不足以做大家的模範」（梁實秋）。	文學革命的先鋒，使新詩走上散文的傾向。
民歌詩體	早期（一九一八～）	劉半農（英、法） 劉大白 玄廬	舊詩詞、地方民謠。	強調向民歌民謠學習，揉入地方語言色彩，富鄉土氣息。	有童謠味，但少詩味，詩的形象太少，過於直陳，少含蓄，有時重理輕情。	影響四十年代的民歌詩體，如李季、袁水拍等。
小詩體	早期（一九二一～一九二五）	冰心 宗白華（德）	泰戈爾。日本俳句。	富於哲理、自然而不流於繁冗。	只能表現一點小景、小情、小思，難有宏偉氣勢，後來流於平淡散漫。	僅流行於一時，但仍斷續影響後來新詩。
自由詩體	早期（一九二一～）	郭沫若（日） 王獨清（法）	惠特曼、歌德、拜倫、雪萊、浪漫主義。	自由浪漫、熱情奔放、不拘形式的詩體。	流於說白、情緒化、深度不足、不知節制。	與「革命文學」結合，影響了後來「新詩歌派」。
格律詩派（新月派）	中期（一九二六～）	徐志摩（英） 聞一多（美） 朱湘（美） 孫大雨 馮至 卞之琳	哈代、吉伯齡、柯律治。商籟十四行體、獨白體、浪漫主義。	形式完整、音韻音節講究鏗鏘，要求音樂美、繪畫美、建築美，欲創中國新詩的新形式新格調。	限字、限句、唯美的、「頹廢的」，與時代距離稍遠，被譏為「骸骨迷戀者」「豆腐乾詩」「方塊詩」「戴著鐐銬跳舞」……等等。	引起的爭論最多，對後世的影響極大，包括其後的紀弦、臧克家、余光中等的早期作品。
象徵派	中期（一九二五～）	李金髮（法） 穆木天（日）	波特萊爾、魏爾倫、馬拉美、藍波、梵樂希。象徵主義	想像豐富、喜用比喻、語法有歐化傾向、神秘、晦澀、注重詩的暗示性。	文學上的個人主義，講求新、奇、怪、誕、輕蔑傳統、反對自然，注意自我展示、技巧至上，無視讀者反應，有時「不可理喻」。	深深影響了其後現代派的戴望舒等的發展。
現代派	中後期（一九三〇～）	戴望舒（法） 路易士（即紀弦） 覃子豪 何其芳	大量吸收象徵派技巧，綜合前人各種經驗。	主張為藝術而藝術，有象徵派的含蓄朦朧，也具有古典主義的理性、浪漫主義的熱情。注重個人感覺，易傾向頹廢。	用字造句奇特，有時文白夾雜，但較少象徵派的晦澀曖昧。內容「十足小市民有氣無力的情緒和思想的表現」「逃避、粉飾、歪曲實」（任鈞）。	深深影響了一九四九年後的臺灣現代詩壇。
新詩歌派	後期（一九三二～）	蔣光慈（俄） 蒲風（日） 楊騷 任鈞 高蘭	現實主義、普羅文學、馬耶可夫斯基。	主張為人生而藝術，詩歌大眾化、國防詩歌、朗誦詩歌。	具時代特色、鼓舞了民心，但缺乏深度、流於說白、直陳而乏意境。	影響了一九四九年後的大陸新詩發展，及臺灣的戰鬪文藝。

⑵詩不能借重繪畫的長處。
⑶單是美的字眼的組合不是詩的特點。
⑷象徵派的人們說：「大自然是被淫過一千次的娼婦。」但是新的娼婦安知不會被淫過一萬次。被淫過的次數是沒有關係的，我們要有新的淫具，新的淫法。
⑸詩的韻律不在字的抑揚頓挫上，而在詩的情緒的抑揚頓挫上，即在詩情的程度上。
⑹新詩最重要的是詩情上的 nuance 而不是字句上的 nuance。（按：指語言上的意味、音、色等的細微差別。）
⑺韻和整齊的字句會妨礙詩情，或使詩情成爲畸形的。（下略）
⑻詩不是某一個官感的享樂，而是全官感或超官感的東西。
⑼新的詩應該有新的情緒和表現這情緒的形式。所謂形式，絕非表面上的字的排列，也絕非新的字眼的堆積。
⑽不必一定拿新的事物做題材，舊的事物也能找到新的詩情。
⑾舊的古典的應用是無可反對的，在它給予我們一個新的情緒的時候。
⑿不應該有只是炫奇的裝飾癖，那是不永存的。
⒀詩應該有自己的 originalite，但你須使它有 cosmopolite 性，兩者缺一不可。

⒁詩是眞實經過想像而出來的，不單是眞實，亦不單是想像。

⒂……詩本身就像是一個生物，不是無生物。

⒃情緒不單是用攝影機攝出來的，它應當用巧妙的筆觸描出來。這種筆觸又須是活的，千變萬化的。

⒄只在用某一種文字寫來，某一國人讀了感到好的詩，實際上不是詩，那最多是文字的魔術。眞的詩的好處不就是文字的長處。

上述各點中，⑴⑵⑶⑸⑹⑺⑿⒄等均是針對格律詩派講求形式字句音韻音節等的一大反擊。⒀⒁⒃三點是對前此的自由詩體的散漫無節制提出反駁，也對胡適之體的反對用典提出質疑。⑷⑻⑽⑾⑿各點則可看出現代派與象徵派的深厚淵源。一九三四年梁宗岱在〈象徵主義〉一文中所說「對於一顆感覺敏銳，想像豐富而且修養有素的靈魂，醉、夢或出神往往帶我們到那形神兩忘的無我底境界」正可以爲第⑻⒁點作注腳，而梁氏在同一文中又說：「從題材上說，再沒有比波特萊爾底《惡之華》裏大部分的詩那麼平凡，那麼偶然，那麼易朽……那麼醜惡和猥褻的。可是其中幾乎沒有一首不同時達到一種最內在的親切與不朽的偉大。……死屍和……蟲蛆，一透過他底洪亮淒徨的聲音，無不立刻……散佈一陣『新的顫慄』——在那顫慄裏，我們幾乎等於重走但丁底全部《神曲》底歷程，從地獄歷淨土以達天堂。」這大概是戴氏看法第(4)(8)點最好的說明了。但戴氏的主張是超過象徵主義的，他主張獨創之外還要有世界性，希望控制詩情而非控制字句，希望重新用典而非復古，使現代派終能綜合各流派之長，成爲三、四〇年代新詩的主流之一。

然而新詩的論戰並未因現代派的壯大發展而終止，它始終與格律詩派以及因抗戰興起的新詩歌派一再論爭，論爭的重點不外乎形式與內容、自由與格律、傳統與西化等問題，作的卻常是意氣而非實質的爭論。此論爭也延續到一九四九年以後的大陸詩壇與臺灣詩壇。在大陸，單是形式與格律、民族的問題就從一九五四年持續討論到一九六一年，包括卞之琳、艾青、何其芳、毛澤東、張光年、王力、臧克家……等均參與了這場論爭，其後大陸詩壇因意識形態的扣押，走上了歌功頌德的新詩歌派末路，甚至連海峽兩岸都非常欽佩的朱光潛和何其芳都要引用這樣的一首詩（范海亮作）來討論「語言自然節奏」的問題：「毛主席的兩只眼睛／像天上的星星／住在深山的人們／也看見它的光明」，新詩的生命會在大陸戛然而止也就不足爲奇了。在臺灣，此三派論爭的延續則著重在西化與傳統之間的斥力與引力上，此項論爭一直到鄉土文學論戰告一段落後才稍有轉寰，然而詩人的作品試驗仍不斷持續下來，使得中國新詩獲得一喘息生養之處。

肆・期待於後起的詩人

其實新詩整個流派的發展仍不能令人滿意，它應該在前三十年就會有更大的成就，但出生最早，成熟卻晚，究其原因或可歸納爲下列五點：

(1)胡適向西方意象派借火燃起的詩體革命，功勞雖大，卻奈何本身只是文人而非詩人，意象派的技巧一點星火也沒借到，《嘗試集》所作示範是「作詩如作文」，誤導新詩，並爲新詩散文化傾向種下禍根。

(2)歷次新詩論戰是意氣而非實質的討論，爭論多而試驗仍嫌不足，尤其嚴肅的學術研究、語言研究更是闕如。原則過多而作品太少。

(3)新詩形式大多引自西方，譯作參差不齊，模仿者不察，語法碎裂，使得西化語言到處流行，能警覺或獨創者少。且某一流派流行一時，創始者持續領導能力不足，少能成大氣候。

(4)政局紛擾、外患侵犯，詩人無法安心寫作，欲「寧靜中回味」而不可得，且受時勢影響，詩作大多偏向道德型、經世型、浪漫型的文學內容，少有以「藝術審美」爲職志的「藝術型」詩人。詩作品乃多一時痛快暢快過癮之作，恆久性考量者較少。

(5)新詩創作者的持續性常有問題，比如胡適自得於白話革命成功，不再寫詩，康白情、周作人厭於新詩改寫舊詩，朱湘自殺，徐志摩死於空難，聞一多改志鑽研神話，其後遭人暗殺等，均使得新詩的個人風格和所謂派別常常找不到有毅力有恆心的「英雄」或「前輩」，亦即好不容易建立起的「典型」又常常需中途更換。新詩傳承因此不時中斷，後學者的仰慕之心常受挫折和打擊。

在今日大陸詩壇紛紛回眸，向臺灣現代詩借火的時候，新詩的「典型」是不是已到了一圓滿成熟的地步，恐怕仍是值得懷疑的，形式與內容、自由與格律之間的問題好像已經解決了，其實仍有待更嚴肅的語言學研究。希望後起的詩人在回眸過去向老天鵝請益時，能更深入些，多作試驗，而不只是一味的標奇立異，以獲得更多成長的秘訣。希望他們的羽毛色澤會更爲光華豔麗，飛翔的能力和高度也會愈加精進，而不是脂肪營養臀尾油肥、色澤混亂駁雜，自足於養尊處優而已，那就有愧於老天鵝們數十年來奮鬭掙扎、辛辛苦苦建立起的「典型」了。

給廣告一雙翅膀

——詩與廣告的孿生子（新詩趨勢小論之四）

詩與廣告扯上關係，不是很久的事，而且也不見得非常光彩。一般人讀廣告的機率恐怕比讀詩的機會高出許多，有些人認識新詩很可能是從廣告或歌詞開始的，認識並不代表認同，更多的人否定新詩恐怕也是從廣告或歌詞開始的吧。詩是多麼孤獨，它即使想待價而沽，卻無助地被包裝或花俏成各式模樣，任人捧也任人踩。當然不少詩人依然站在自我心靈的峰頂，堅持他們的高貴的驕傲，認爲詩不可能有什麼社會功能。詩也許就在這有用與無用的緊張拉扯下，仍能保有一分純眞吧。

詩之進入廣告或許是從標題開始的。君不見自有報紙以來，頭條新聞的標題都以「驚世駭俗」一起家？標題下得妙，「被瞧上」的機率自然大增。新聞是免費的，廣告是付費的，故所有廣告莫不也渾身解數，花招百出，亟欲勾引世人的注意，尤其是電視、報紙、車廂廣告，廣播的力量則似乎較弱。先以我們常看到的文字廣告爲例來說，比如：

幸福到每一站都會下車（徵婚啟事）

我所指的每一堆灰燼都是黃金（火災保險）

臺北最綠的一扇窗（別墅）

巴黎空降臺北（房地產）

時間捉不住的，CANON可以凝固它（照相機）

喜悅總是炙手可熱（喜悅汽車）

世界其實很小，無限遼闊的是心（汽車廣告）

八級地震，還在搖椅上輕鬆地喝咖啡（建築商）

伸展你的五根腳指頭，涼快一夏（涼鞋）

我們扭開了大龍峒繁華的水龍頭（房地產）

新的「愛情」不會打結喔（洗衣機）

為你洗出全家人的健康（洗衣粉）

一顆豁達的心，可以經營無數的未來（汽車廣告）

讓你的愛在人間停不下來（器官捐贈）

當世界已被落榜的黑暗所覆蓋，
誰來為你重新點燃希望的火把？（補習班）

這些標題顯然都出以詩的手法。它們應該要比什麼「城市新貴，品味天成」（汽車）、「同船競渡、理性奪標」（證券商）、「一襲春衫，平添萬縷柔情」（百貨公司）、「雄霸臺北辦公據點」、「五分鐘抵達市中心」（房地產）……等等廣告標題來得有力和新鮮。當然，廣告的效益不能以標題直接評估，它還與出現的頻率、持續性，及實質內涵有關。然而在引人注目上，標題顯然是焦點。

而在這麼一個百業競爭、媒體決定一切的時代，一件商品不以廣告作前導，恐怕很難冒出頭，更不要說要美得「冒泡」——引起風潮了。但除非是知名品牌，一般民眾對廣告大多採取「防衛」、「懷疑」的態度，因此直接訴求不如間接感染。君不見報上許多廣告文常故意與報紙內容模糊界限。電視廣告近來也有此趨勢，乍看之下，影像情節緊湊，畫面經藝術處理，令觀眾一時分不清是節目的一部分還是廣告。可見得過去廣告給予民眾的印象是如何的刻板、可厭，和煩膩了。新詩既然是語言的藝術，又是非實用的語言，因此日常實用語言經過新詩技巧的轉折，往往可使之非實用化、界限模糊，因而達到出入實用（廣告）與非實用（詩）之間的效果。讀者會因語言的新奇而暫時耐下心來「一探究竟」，恍惚之際，即已受到廣告實質的感染。比如華航曾以半版做廣告，五分之三的版面是一幅荷葉露珠的畫，兩顆晶亮的大露珠以犄角分據一荷葉上下兩端，讀者一定很難明白此廣告的用意，而急欲尋求答案。畫的右下側即有此答案，是一小行字，寫著：

小小的露珠，為什麼一一來到荷葉上，荷葉上的露珠，為什麼滾動凝聚如月光，有人說：那只是一種偶然，中國人卻知道，那叫緣分。

這小品雖出以散文，卻有詩的情意，尤其與畫面相對照，更可達到其廣告詞「相逢自是有緣，華航以客爲尊」的效果。所謂廣告的格調大概就是這樣建立起來的吧。再以一家百貨公司的另一頁廣告詩爲例：

春天的衣裳下著流蘇的小雨；
飄墜的線條裁自微風的弧度；
半透明的紗摺

吐露那不透明的慾望之心……
擺盪，
向無盡的流行風潮作深呼吸；
參與、顛覆、創造
和設計大師握手的方式永遠自由……

這首詩刊在一家發行百萬分的報紙上，是一則春裝廣告的主題，占有四分之一版面，詩旁只有一張小照片，一名身材高䠷的女郎穿一襲帶有無數流蘇的及踝時裝，時髦地由黑色的背景中款款步出，臉頰下方及肩胛仍浸在黑影中，似乎有風吹開她的長髮，半遮了唇角，讀者只見到她素淨的額頭、亮麗的眉眼，及高雅從容的儀態，其餘有些朦朧。除了詩與照片外，此外都是空白，只在版面的右下端以小字打上百貨公司的名字。姑且不論它的效益如何，整則廣告予人清純雅淨之感。而這正是時下品味較高的廣告逐漸流行的趨勢。無獨有偶，就在這則廣告的旁邊，刊的是另一家百貨公司類似的廣告，內容卻琳瑯滿目，花花綠綠，什麼都寫得周詳，卻也不能免「俗」，竟然在上端也來一首「詩」，偏偏詩的排列與前引那首（由右向左）恰巧相反，由左至右，讀來令人啼笑皆非。內容則是：

灰撲撲的天空／才剛剛被枝頭冒出的青芽／改變了顏色；／春天／就等不及地
將厚裘褪盡／在薄涼的空氣裏重披輕衫／驚鴻一瞥的燦亮／竟激起一絲浪漫綺
思／原來／生活也是可以如此的柔情

功夫明顯較上首詩差去甚遠，無太多新意。而這類似詩非詩的廣告目前正充滿各種報紙雜誌媒體，假分行之名，猛刮新詩的耳光。採取的多是畫面與「詩」互補的形式，比如下舉數例：

小的時候／爸爸愛用下巴／輕拂我的面頰／從來我就／不覺他的鬍子扎／多懷
念那段時光／眞想再擁抱爸爸／祇為他那／光采的下巴
（〈爸爸的光采下巴〉）

星宇傳來消息／神秘的氤氳盤旋上升，／月中人華衮舞影，現出金紫瑰奇／美
麗的神話，恆久流轉，／蘊藏遙長的浪漫情愫，／中秋寄情，亙古不渝
（〈星月傳情〉）

小時候，媽媽上街，／身邊總有一個小跟班，／細嫩的小手，緊抓著裙腳不放。／小小的心靈，／既嚮往街上零食和好奇，／又恐失去媽媽，迷失在人潮裏。／冬去春來，／由牽著裙腳，到高出媽媽一個頭，／小跟班，已不在媽媽身邊跟前、跟後，／但是，從升學、就業到結婚、生子，／媽媽呵護之心卻依舊……

（〈媽媽的小跟班〉）

乖乖／戲開鑼了／此時此刻／不得不和你暫時分離……／在這段風塵僕僕的旅途中／一站換一站的奔波／你總是靜靜的躺在媽媽懷中／讓我享受你最純眞的笑容／因為有你／媽媽更要演得盡力／乖乖／媽媽要上臺了／讓叔叔帶你到廣場人羣中／揮揮手／看媽媽最賣力的演出

（〈感動〉）

出塵，總從他身上，／帶幾分不經意的豪邁／盡自流動——／彷彿在眾目昭彰之下，／唯獨他一人，／才配如此昂首於天地間！

（〈心儀他，就讓他出塵〉）

柔和的燈光下／當一切忙碌均已靜止／期盼已久的團圓夜／即將展開溫馨的序
曲／在古老的圓桌上／年年更新的豐盛筵席中／不變的仍是父母對子女／始終
如一的愛／這幢熟悉的老屋／曾經擁有童年的歡笑／與離家時道不盡的依戀／
而今日我們歸來時／它仍一如往昔／當遠方爆竹聲徹夜響起／在家人眞摯的笑
語中／我們將重溫這分濃郁的親情／彷彿平日夢中完美的一刻

（〈家——繫住每個遊子的心〉）

這些所謂「廣告詩」除了少數，的確是糟透了，雖然它們都配上了感人的畫面，比如上述〈感動〉的廣告裏，畫面是一歌仔戲團野臺戲的後臺，濃妝豔抹一身古裝的母親正把自己的小孩從幕內遞出給臺下的爸爸，因爲戲正要開鑼。在〈家——繫住每個遊子的心〉裏，畫面幾乎是報紙的半頁，一間古老的四合院裏，夜幕低垂中一家人正圍在暖色煙光的廳堂上合吃年夜飯……。除了這類抒情似的畫面可略予彌補詩質之不足外，這些「詩」眞是「耽誤」

了新詩，令讀者誤以爲分行的散文與詩差去不遠。難怪乎廣告商在大呼過癮之際，詩人要大聲喊冤了。

詩人要避免廣告誤導新詩的唯一途徑，似乎只有引導廣告或主動介入廣告。這當然是許多詩人期期以爲不可的。詩人羅門似乎顧慮較少，他曾與畫家陳陽春合作，爲一家房地產公司合作了一幅詩畫，占有半版的報紙，主題是「多夢的夏綠蒂農莊」，不失爲廣告詩的一佳例：

住進翡翠灣
　　夏綠蒂農莊
先送你一個海
外加一條黃金海岸
　　給風景佩戴
住在這裏
你眼睛的兩輪車
可與海上的船隻

　　緩緩慢行
也可同空中的海鳥
　　急急飛馳
海闊　天空
山青　水藍
看不見紅燈
那裏來的塞車

住在這裏
海風會通知夏天
　　不用裝冷氣
木屋的壁爐會向冬日
　　訴說溫暖的故事
滿野花樹將芬芳與翠綠
　　滿入你的庭園

使春意長在
　秋色依人
空氣在透明的純度中流動
每一次呼吸
都是一口清新
都感到大自然在體內
　進進出出
世界與山靜坐下來
除了輕和的浪聲
最吵的是無聲的風景

住在這裏
日落之後
海彈著幽美的鋼琴曲
星星亮起天上的霓虹燈

漁火亮起海上的霓虹燈
上下兩家大酒廊
任你往那一邊醉
　都無人管
月亮會一路提著宮燈
　來看你入夢
太陽會一早踩著浪花
　來叫你起床

醒來時
身臥「夏綠蒂農莊」
頭枕藍天
腳放在水平線上
浮著雲與浪而去
你不就是現代的陶淵明

自由　舒適　快活與滿足
　　是什麼樣子
　還用說嗎
夏綠蒂農莊
在美的世界裏
已是一首活的田園詩
　一組活的田園交響樂
一座活的地景藝術
專給幸福的歲月來讀
　　來聽
　來看

（〈多夢的夏綠蒂農莊〉）

此詩分四段，除末段稍弱，「廣告性」終於露了馬腳而略妨礙了詩的完美外，一、二、三段把「農莊」與海同其大，把人同船和鳥同其野的全新視野，的確令人嚮往，對廣告商而言，的確幫了「不落俗套」的大忙。

而由上詩也可看出，有時詩不必太直接，與廣告本身的距離稍遠，反而有意想不到的效果，比如以「生活飲料」名噪一時的「蘇格蘭」「愛爾蘭」「英格蘭」紅茶或涼茶，其鋁箔包裝上打的「生活小箋」何嘗與飲料內容有關，但卻頗引人遐想，降低了一般包裝呆板硬梆梆的印象，從而使自身格調提昇不少：

香橙樹在陽光下閃著金光
蘆草在炊煙繚繞中織夢
置身在中世紀的迴旋
迷宮似的青簷細瓦裏
傳來一句端詳
懷念你，我的姑娘
——（英格蘭紅茶）

靈慧的光是凝眸的飾

風　期待　思慕
半掩的序曲
像翡冷翠的雅典娜
——（愛爾蘭凉茶）

神秘的淡紫
是幻想的粉紅
與憂鬱的淺藍共舞
熱情的愛戀
是少女午後不經意的夢
——（蘇格蘭紅茶）

這三首小詩寫得穩妥不俗，如「蘆草在炊煙繚繞中織夢」「靈慧的光是凝眸的飾」「與憂鬱的淺藍共舞」，均小巧可人，雖不免有些晦澀（如「傳來一句端詳」「半掩的序曲」），但典雅清麗，與「英格蘭」「愛爾蘭」「蘇格蘭」的中古氣氛吻合，多少保持了詩的莊嚴面貌。詩不必是廣告，廣告不一定以詩，但二者竟可以互存在一件商品上，未嘗不是詩的另一條廣告途徑！

詩在電視廣告上的「行爲」更爲複雜，比喻是它常借給新詩使用的一對翅膀，電視廣告上如傾倒保力達P入酒杯中的動作，畫面上另與滑雪躍下陡坡的動作互比，即是比喻的應用，觀眾會有想像的空間。又如一人滑水在海面上，悠然坦然，如履平地的畫面來與刮鬍子的過程互比，也頗有可取。更有名的一例，是舒潔衛生紙被比作白雲，以童音念出，「好想上樓去，摘一片軟軟柔柔的白雲，像我們家的舒潔一樣——」，效果極佳。然而過於落實終非詩之目的，如何使詩的非實用性比例更多地摻雜入廣告之中，以降低廣告的「硬度」，詩的畫面處理或主題採用詩化的歌詞也許都是可行的途徑。

詩是廣告的一對翅膀，廣告因詩的羼入，飛行的範圍也許更廣，呈現於世的面貌才不再刻板。然而廣告終究是商品，詩的商業行爲畢竟只是詩偶爾的「郊遊」，不可能迎入詩的王國，城堡關起，詩仍應有其純粹性。此分寸的拿捏，應不困難，終究詩的護城河是寬且深的啊。

析評鄭愁予的境界觀

——兼談藝術導向的多元化（新詩趨勢小論之五）

自從王國維拈出境界一詞❶，並謂「古今之成大事業大學問者，必經過三種境界」，數十年來論釋闡發者已眾，但總嫌不够落實，對現代寫作者的助益似乎不大；尤其王氏原文所謂「有境界，則自成高格」更是議論不斷，已故的徐復觀先生曾將之改爲「有高境界，便自成高格」，徐氏認定境界有「高下大小之殊」，也或值深思。然而這其中層次的高低、範圍的大小，究竟不同在何處？如用王國維的舉例去說明❷，則似霧裏看花，美誠美矣，要有感

❶境界等詞的出現，爲時已久，滿清末葉，更到處流行，而王國維遲至一九〇九年發表《人間詞話》時才引用境界一語。見黃維樑著《中國詩學縱橫論》，頁四〇。

❷《人間詞話》有謂：「古今之成大事業、大學問者，必經過三種之境界：『昨夜西風凋碧樹。獨上高樓，望盡天涯路。』此第一境也。『衣帶漸寬終不悔，爲伊消得人憔悴。』此第二境也。『眾裏尋他千百度，回頭驀見，那人正在，燈火闌珊處。』此第三境也。……」所引分別爲晏殊、柳永、辛棄疾的詞句。此三境表示一種理想常得經「失落、孤獨、守候」、「固執、不悔、憂心、憔悴」、「四處尋索、追求，最後方能驀見」。

悟方可領會。詩人鄭愁予於數年前重新標出「三境界」說，雖然這兩者闡釋境界的「途徑」並不相同，但似可相互發明，無疑地為境界一詞提供了更完備的注解。

鄭氏「三境界」略為：第一層界係個人自我，第二層界為社會民族，第三層界乃天地宇宙。鄭氏並謂，有由第一層界進入第二層界者，即由個人小我擴展為社會民族的大我，有由第一層界直入第三層界者，即由個人自我拓開為天地宇宙的大我，中間跳過第二層界，即與社會民族無關；又謂，又有由第三層界再返回第二層界者，則其胸臆恢宏，人道主義精神豐富，可說「境界最高」。上述流程即如左圖一所示。

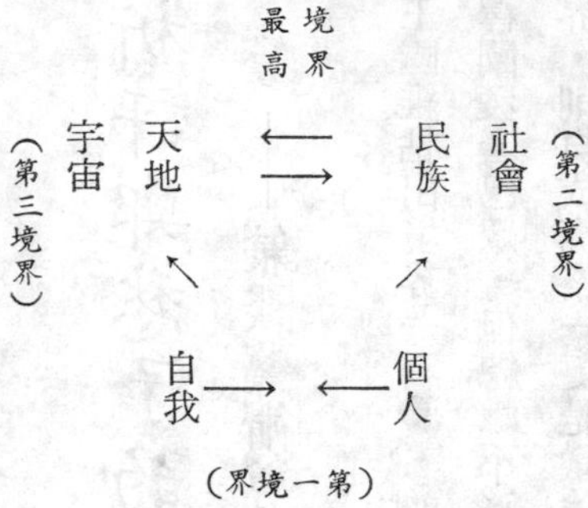

圖一

此三層境界其實也就是一般所說的個人、自然、社會的三層關係③，鄭氏則是將其擴大範圍重新定義闡明，底下僅從詩創作一點略予闡發：

大抵寫詩初期多爲年少，情感湧發如清泉暗流，卻常流爲「傷他悶透」，憂鬱糾結，過分以自我爲中心。表現於詩，則愛上層樓，爲賦新詞強說愁，此愁無關國愁家愁，而係人人必經之淺淺薄薄如霧的輕愁，像看到鄰家漂亮小妞會爲之心悸，回家後再三端鏡自照、自語的少年愁。很多人年輕時都爲此主題寫過詩，及長，則又鄙夷臉紅，說：「怪呢，這哪是我寫的？」於是絕情棄詩而去，或改頭換臉寫小說，或洗筆清心寫散文，更有進入文學論述或投筆從戎者，而隨時代主流需求，浸淫於理工科學、入寶山沉潛而不復出者，更不計其數。這第一層界的範圍自然不止情愁一端，舉凡個人生活經驗所及均可概括；但若試圖跳出自我，「設身處地，爲他人想想」，則可謂已由第一層界跳出，進入第二或躍到第三層界。第二層界的界域似可定得廣濶些，而與第一層界有微微的交集，如左圖二下半部：

---

③ 比如羅素（Bertrand Russell, 1872-1970）在《蛻變世界中的新希望》（*New Hopes for a Changing World*）一書中卽曾指出人類恆存在於三種基本衝突之中：a.與自然的衝突；b.與他人的衝突；c.與自己的衝突。如果再予以引申，這三種衝突其實就是：a.自然問題；b.社會問題；c.心理問題。此處卽與天地宇宙、社會民族、個人自我相對應。

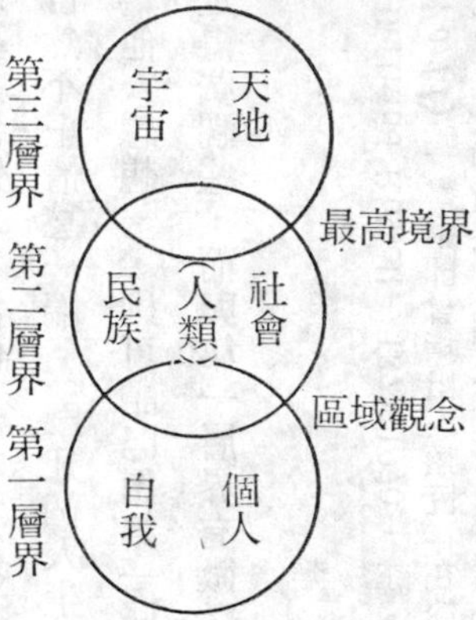

圖二

即當個人的喜怒哀樂、家仇恩怨、權利私慾，成爲進入第二層界的原動力時，則易趨極端偏頗，淪爲狹隘的社會改革者或區域主義者，表現於詩或小說，則慷慨激越，憤怒橫眉，揭疤挖瘡，最末淪於爲人所用或自艾社會有眼無珠。而即使以正常情況進入第二層界，若創作本身修養有限，意境不高，則易趨空洞八股，歌「德」肉麻，詩裏頭最易有此現象的是朗誦詩。

寫詩大都不從第一層界進入第二層界，而乃直接進入第三層界（鄭氏以爲即使寫「死」，還是身邊的現象，都還是第一層界；「天人合一」，即與自然無間的境界爲其第三層界），這或許是抒情詩較不重視故事人物，寫人時又大致是一個人，這個人若只是作者自己個人，那麼就只停留在第一層界，若這個人化身爲你或他，轉換成普遍性的人時（如「今日岩前坐／坐久煙雲收」、「孤舟蓑笠翁／獨釣寒江雪」，或是「上最高的峯頂，將臉在羣星之間隱藏」），甚至是無人時（如「秋水共長天一色／落霞與孤鶩齊飛」、「落日照大旗／馬鳴風蕭蕭」），那麼就已由第一層界躍進第三層界，中間跳過了第二層界了。寫詩時若由第一層界直入第三層界不成，則易偏於風花雪月型，終其身但以詩人自命，搖扇赴宴，飲茶笑談，難以超遠。這年代寫詩想進入第三境界並非困難，且宇宙的視野也較古人寬廣，但內心要恆持此界卻不可能，不是被目爲清高、孤芳自賞、超乎現實，即是維繫一段時候難免回墜凡塵，縱然能有好詩如鐘鼓清音，醒人耳目，也難一世堅秉此意境。詩還要繼續寫下去，就不得不突破，否則勢必被迫停筆，增廣旅歷是突破方法之一，但旅歷終有完結，因之設法返回第二層界方爲上策。尤其現代，小說家可以一生寫小說，詩人能寫一生詩的則甚少，此即因小說家可輕易在第二層界裏落腳，詩人則難。

由第一層界直接躍入第三層界的人並不是不曾體認到人世的憂患，而常只是因爲這些憂患層層壓住心頭，在其精神或肉體上構成苦悶、衝突，甚至鞭笞，但卻又無能解決終止它，由而或多或少有些「厭世」而想「超世」，由「憤世嫉俗」轉而「悠遊歲月」，或隱居山林，或遠走他鄉，讀書課子或者修身養性，但更多的是「站在附近山頭，俯瞰人間燈火煙囪」的，在山居的廟宇叢林裏對著「文明的窗口」（電視機）持著酒杯不時大發高論，因此不如更貼切的說，他們大多數不曾在第三層界中求得精神的上引，做形而上的追求，只是不時地由第二層界的邊境走過，有時還重重地踩過王公貴戚的青石板道，仍作著淑世的遐想。這也是朱孟實所謂「中國遊仙詩人」的「超世而無由超欲」的大矛盾，如阮籍、郭璞、李白均是。西方詩人則因社會開化較晚，與自然洪水猛獸搏鬥的時代較近，亦即離「怪力亂神」的自然背景仍然不遠，故而神話內容豐富，對哲學思想與宗教信仰的探求與趣極為濃厚，因此其精神的苦悶、內心的衝突常常能在進入第三層界後求得舒解，而其舒解並不像中國遊仙詩人對天地宇宙或者仙境只有籠統含糊的要求，而是像但丁的《神曲》、密爾頓的《失樂園》、歌德的《浮士德》，將苦悶衝突象徵化，因而對天堂地獄都有極盡能事的描寫和刻畫。

然而落到近代，一如表現主義戲劇大師史特林堡（J. A. Strindberg, 1849-1912）一派所標示的：「廢止冷靜的觀察現實，主張直接的體驗；打破階級、種族、國家的觀念，尊崇人類全體與各個人的內在情感與意志之自由。」以及與其有密切關聯的柏格孫的直覺哲學，主張：「宇宙無所謂過去、現在與未來，只是我們而已。」從而認定「宇宙不過如是，重複表揚它，簡直了無意味」「文藝所負之重責大任應是於創作者之內心尋索探求新的宇宙，創造新的宇宙！」此後許多作者乃認爲宇宙現象可完全委由現代科技來客觀地解釋，詩人在古代能扮演的「人與自然宇宙（第三層界）的神秘溝通者」的角色已全然不重要了（如月亮的神秘一朝解開，詩人想像力的導向完全不同）。因此需要在語言世界中自創一個宇宙世界，將現實外象世界所能提供的題材養料抽離，重新按放在此新宇宙中捶打敲擊，亦即「以內的觀點爲眞實，而以外的感覺爲虛幻」「現代詩的世界不是一個事實的世界，而是一個秩序的世界」（此二句爲紀弦語）。西方或者中國現代主義者，或純粹經驗主義者，以及認爲「潛意識是更眞實的存在」的超現實主義者，大都是自這觀點出發或者離此範疇不遠。這當然已與中國傳統社會所欲表現的人與自然和諧合一的現象有很大的距離，但也可視爲現代錯綜複雜的物質科技文明必然的導向，它在鄭氏三境界裏的位置或可重新標示如附圖三的範圍①（見本文後）。

關於第一層界躍到第三層界的要點之一或可以艾利提斯（曾獲諾貝爾文學獎）的幾句話來闡明：「詩到某一個成就的階段，既不是樂觀的也不是悲觀的，它代表的是精神的第三種境界，其中所有的對立的極端都消失了。當詩提昇至某一層次之上，對立矛盾均不復成立。那樣的詩就像大自然本身，既不是好也不是壞，既不是美也不是醜——它只不過是存在，不復受日常習慣性的割劃牽制。」所謂習慣性的割劃牽制或可指：是非、對錯、強弱、大小、高低之分，當這些對立不存在時，則「一花可以是一世界」，呈現出共鳴和諧、均勻發展、沒有欺凌壓迫。如果以宇宙天文解釋，即小至行星、衛星、彗星，都有它自己可站立的位置、空間和運轉的週期，這就是在第三層境界中可表現的極致。

而將第三層境界的「和諧」帶入第二層界，則寫作者對社會、國家、民族乃至人類全體的關切，是全身投入，而非只是詩的投入。當這人世已是和諧時，則詩人有責任維護現實、堅持保有。而當詩人面對的整個民族仍只有對立矛盾、欺凌壓迫，缺乏博愛和自由，亦即不是「和諧」時，則詩人有責任打破這個現實，將「達到和諧」立爲一個理想，十年百年都立意要得到它。此「最高境界」的解釋自然不止於此，這裏僅舉一言之。它的範圍在圖三（見後）中可以③或④表示。④比③範圍更小，只是強調個人自我的獨特性一樣不可忽視。此中意思或可以佛洛斯特著名的詩作〈赤楊樹〉（Birches，落葉喬木，樺木科，高數丈）的一段來略作解說：

……人世才是表達愛的適當地方
我不知哪裏會比人世更好
我只願藉著爬赤楊暫時離開一下

爬到雪白樹幹的黑色高枝上
直向天堂，直到赤楊撐持不住
而垂下，將我送回地面。
而暫時離去和重新回轉，都是好的
……

佛洛斯特在這首詩裏認爲生命有時像密不透風的森林，臉常遭蛛網牽擾，眼睛爲掠過的細枝抽痛，因此他將攀爬赤楊樹當作短暫脫離俗世現實，在那裏獲得喘息、調養和沉思，但樹有盡頭，比喻理想中的天堂並不存在，終得再返人世，而人世正是適合表達愛的地方。另外像大陸作家白樺在其作品《苦戀》（原爲一首長詩，改編成劇本）中不斷地引示雁飛翔的形象，他說：「我們前進著把人字寫在天上／啊，多麼輝煌／她是宇宙間最堅強的形象」，而偏偏「塵世間有很多事物的結果和善良的願望恰恰相反……」但白樺並不失望，他在劇本的一開始，便引用屈原的話：「路漫漫其修遠兮／吾將上下而求索」（此兩句吻合「衣帶漸寬終不悔」「眾裏尋他千百度」之意，參見❷），這種將天地宇宙和諧的象徵（雁的排列成人字型）視爲其漫漫長路中奮鬪爭求的「理想」，也正是試圖由第三層境界返回第二層境界，而將個人小我深沉的痛苦提昇並且「歡歌」。白樺曾經說：「種子就不怕泥土，種子埋在泥土裏不是適得其所嘛！」「歷史不會埋沒李白、杜甫、司馬遷，但歷史埋沒了和李白、杜甫、司馬遷同時代的顯赫，那些一時逆歷史潮流而動的權貴！」（一九七九年在作家會議上的發言）白樺在這裏提到的三人以杜甫最具特殊意義。杜甫之被譽爲「詩聖」，即是他有聖人的悲懷，有「憂端齊終南」（憂慮與終南山齊高）的苦難精神，將整個生命與其時代同其湧動，這廣高的悲心即是他不時由第三層界返回第二層界所造成的，因之才能筆力萬鈞，具大家氣象。而若由第一層界直入第三層界（逸），或先經第二層界再入第三層界（隱），或逸或隱，則李白的「虛步躡太清」，愛做逍遙遊，可作佳例。故李白近乎道，杜甫是眞儒，東坡則似在儒、禪之間。

綜上所論，筆者很主觀地將藝術的導向區分爲下面所列四種。而因人是變動的，創作時關懷層面顯然也會變化，因此這樣的區分若以之與詩人作品比對，常非唯一：

(1)**地域意識的藝術導向**：個人自我與社會民族的交集（常強調本土性，或各族羣的自我重新認定）。

(2)**純粹經驗的藝術導向**：個人自我與天地宇宙的交集（強調天人合一的和諧或個人潛意識與自然的對應或衝突）。

⑶**人道主義的藝術導向**：天地宇宙與社會民族的交集（強調悲天憫人的藝術關懷，此卽鄭氏「最高境界」的範圍）。

⑷**現實與理想的藝術導向**：個人自我、天地宇宙及社會民族的交集（強調現實與理想的互動性，亦卽它們彼此之間隨時處在變化之中。如以中國問題爲例，其理想是全中國人的自由民主化，其後才是各民族或各地區的自由選擇統一或分裂）。

然則時至今日，上述的區分應已不代表何者爲較佳之「境界」。個人會因時代的變動、環境的殊異、藝術修養政治理念社會意識的變化而有不同的關懷（一如解體前後的東歐或俄國詩人），甚至同一時期因個人心境情緒的起伏也會處理不同範圍的作品。亦卽，題材選擇和創作內容主題並非最重要的，「藝術的完美」才是最重要的。只要是「完美的」作品，卽使非常「個人」的，也遠勝於「非完美的」非常「民族」的作品。因此以「完美度」而言，王國維的「有境界，則自成高格」其實並無不妥，「完美」的作品才談得上「境界」，「不完美」就談不上境界，至於寫的是深掘個人內在或關心變動的世界，是殊相或共相，這之間何者爲高，常是評論家品評詩人的論定和比劃，對讀者而言，何者是「高境界」並不重要。然則過去世人常以「境界的範圍」品論詩人「境界」的高下和名次的先後，其實有無此必要，實值商榷。這也就是說，「藝術導向的多元化」應是文學最正常的發展，至於尋求「境界高下」其

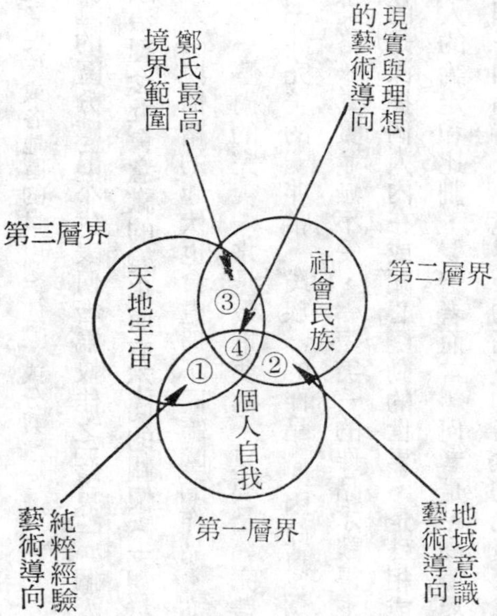

圖三

註：此圖仿效三原色，色光的三原色為紅、綠、青。顏料的三原色為紅、黃、青。範圍④在色光裏則呈白色。

實還不如追求「境界的完美」、「藝術的完美」來得重要，不管寫的是哪一層界，或上述哪個藝術導向，完美無疵的作品就是最高境界。在詩創作方面，則不妨多向發展、自由發展，不論「社會功效」之有無或直接間接，在「無中心」的前提下，各以個性氣質所趨、興趣所好，執一或多棲，不必以己之所好即爲主流，則蓬勃盛放的未來，當可預期。

九歌版《藍星詩刊》的歷史省察

——兼談「詩刊的迷思」

壹・前言

詩人是文壇上最熱衷於成羣結社的一羣人，而這卻便宜了文學史家，方便將他們歸檔歸類歸社，也不管參加的人「羣性」「社性」強不強，四十餘年來臺灣地區的新詩史，似乎很容易就被區分爲幾大詩社「割據」、幾小詩社爭相「起伏」「掙扎」的天下。也的確，除了少數幾位，臺灣這些年來不曾「結過社」的重要詩人還眞不多，而「詩社」的「影響力」究竟有沒有那麼重要，其實還有待探討。當然，前行代詩社的出現和持久不退，可也苦了後起的詩人和詩社。結社在前的往往據地爲王，結社在後或不知該不該結社的後起之秀，聲音常被夾於隙縫之間難以發聲，「稍具資賦者」則每苦於「生存困難」而不得不奮力一搏地自行結社或加入結社在前的詩社。於是我們就看到許多社性極強的或運動色彩強烈的猛吸新血而能不斷膨脹；某些詩社由於秉持「詩是必然，詩社是偶然」❶「詩，是詩人寫的，不是詩社寫的。讀者讀詩，猶如觀眾觀劇，只要是好演員就行，原無須過問是屬於什麼公司」❷，且不以共同信念、主義、或口號爲主而結社，於是「社構」鬆垮，同仁則來去自如。前者如創世紀詩社、笠詩社、後者如藍星詩社。

臺灣原有的詩社，不論社性或運動性的強弱，均以辦詩刊爲其主要目標。四十年來曾經存在過的詩刊少說也有一百五十種❸，然而出版期數在十期以下，甚至一兩期即休刊的，竟在一半以上。這爲數眾多的詩刊，有的乍然出現即隱而不見，有的喧騰熱鬧一時轉瞬即歸沉寂，有的爲的是向詩壇投石問路，有的是譁眾取寵，有的是不甘寂寞，有的是自大囂張，有的自認有階段性使命，有的恢宏壯烈，有的氣若游絲，有的是長命貓，有的是短命鬼……，這些「詩刊百態」眞可說秘辛一籮筐、「罄竹難書」❹。

---

❶ 余光中，〈星空無限藍——藍星詩選・序言〉，《星空無限藍——藍星詩選》，頁九，九歌出版社，民七十五年。

❷ 余光中，〈無窮大之空間〉，《藍星季刊》新七號，頁五。

❸ 張默，《臺灣現代詩編目》第四篇，頁一三七，爾雅出版社，民八十一年。

❹ 參見蕭蕭，〈詩社與詩刊〉，《陽光小集》第九集，頁一八，民七十一年春夏季號。徐望雲，〈踏花歸去馬蹄香——「漢廣」瑣憶〉，《兩岸》詩叢刊第一集，頁八八，民七十五年十二月。及孟樊、李祖琛對談，〈詩社的昨日今日明日〉，《兩岸》詩叢刊第三集，頁五八。

在臺灣諸詩社詩刊中，歷二十年至數十年仍「輾轉不死」的有《現代詩》（一九五三）、《藍星》（一九五四）、《創世紀》（一九五四）、《葡萄園》（一九六二）、《笠》（一九六四）、《秋水》（一九七四）等六種。《笠》是其中出刊最正常的，《葡萄園》、《秋水》甚少脫期，《創世紀》早期停刊過，近十年間有脫期，《現代詩》一九八二年六月復刊後，近乎成了半年刊❺，《藍星》則是衆多詩刊中最爲奇特的一種，它不像《創世紀》即使脫期或停刊一陣後仍持續地連號，也不像《現代詩》以「復刊號」的名義出現，它從最早期的《公論報·藍星新詩週刊》開始，即曾在「藍星」二字的下頭加過「週刊」「詩刊」「詩選」「季刊」「詩頁」「年刊」等等不同名目，且開數、型式差異均大，這期間只有復刊的《藍星季刊》（一九七四、十二～一九八三、十）以「新」字「幾號」的名義出現，其餘則均以新期數、新面貌見人。長的達兩百餘期，有的七十餘期，有的二三十期，最短的兩期，若將其所辦過的刊物前後期數加起來，竟有三百餘期，爲諸多詩刊中之冠。而且間或同一期間還同時與辦數種刊物，形成詩壇奇異的現象。而「九歌版」《藍星詩刊》是藍星詩社近四十年所辦刊物中最長命的，長達八年，總期數三十二期，從無脫期，而且委託知名出版社（九歌）代爲行銷。此詩刊可說是藍星「社性」最模糊、「羣性」最淡薄、最接近藍星「特性」的一次展

---

❺《現代詩》於民七十一年六月復刊，至民八十二年二月，十年間出版十九期，約爲半年刊。

示。它與同期間其他的詩刊在「社性」「羣性」「信念」「主張」上的差異，也可從此刊物上見出。而這樣的「堅持」究竟有無特殊意義？它與同時期它種詩刊的主張有何異同？而正當大陸詩作蜂湧入臺灣的時期，它處理的態度和手法與其他刊物有何差異？此不同代表的含義爲何？即是本文擬予探討的。

貳・本論

一・詩刊的迷思

太多的詩人、詩評家、詩選家、詩運動家最常患的一個「毛病」就是：他們都好把「一瞬」當作「永恆」，把「有限」看成「無限」。所謂「一瞬」指的可能是短短幾個月、幾年、幾場朗誦會、座談會、幾期刊物、幾招興風作浪的動作，所謂「有限」指的可能是幾首不怎麼樣的詩作、幾篇論文、「宣言」、幾個人的筆戰、叫囂、瞎捧、主張、謾罵，他們很可能把短短十年分成幾段「詩期」，今年堅持這個，過幾年堅持那個，他們比較在意的是「短瞬」「立即」「當下」的熱鬧、影響和成就，卻很少把範圍擴大來看，把時間拉遠來談，他們喜歡用大火「炒熱」事件，很難得願意溫火「燉煮」現在和未來。

詩刊是詩人（發動者）與讀者（接受者）之間的一個媒介物。在臺灣，發動者與接受者常是這一組詩人與另幾組詩人（或詩評家）的關係，至於眞正非詩人的「讀者」有多少，身在何處，常常不是他們最關心的事。其實，詩的媒介物不只是詩刊，報紙副刊、文學雜誌扮演了更普及化的角色。然而由於詩在這些媒介物上常屬於「插花」性質，因此「詩刊」仍是詩人最愛也最易「著力」之處。很難想像，臺灣若缺少了各大小詩刊，詩人還能「相濡以沫」的處境會淪落至何等深的「深淵」。但如以比較長遠的眼光來看，由重要詩人的作品產生的驅動力和影響，其實要比詩刊詩社的「宣言」「主張」「運動」，乃至「意識形態」等等的各項刺激，恐怕要來得更爲實際和確切得多。也就是，詩刊本身可以看成是詩集、詩選的上游「手工業」，它的存在可能才是新作品能源源出品的最大催促力。至於由詩刊引起的詩壇的震盪、變化、激辯、或「風雲」等等，對新作品的催促究竟發生了多大「作用」，實不無疑慮。

這裏要強調甚至「破解」的是，詩刊其實是詩人們的一個「迷思」，它的影響力要大，壽命就得長些，但重要的還是作品本身要有分量，而與其「主張」多半不成正比。不錯，它們可能因某種「信念」的「互相接近」而在某一時期提出某種「主張」，或因觀摩作品而

「彼此學習」，甚至發表的作品在某些性格上還相當接近，但眞正使好作品產生的因素其實極爲複雜，並不與此一「主張」「信念」絕對地相關，它們產生的過程也許可以比作普利高因（I. Prigoging）所提的耗散結構，應是從各方面不斷吸引新質，而且不斷地耗散舊質。它是在更廣大更世界性的範圍內，因接受各方面（包括古今中外）的知識和靈感，借取爲數眾多的作家作品（或其他資訊），連續地接受和吸收而獲得的[6]，詩人們不過是將此「發動」的過程或結果呈現於「詩刊」此一載體上面，希望透過詩刊來傳達此項訊息，而這其中，「結果」（指作品）比「過程」（主張、宣言，多數是對已有結果的作品作批評、歸納和推演）重要得多，「過程」可能引發討論、爭辯，但對更好的作品的產生常覺「有心無力」而且顯得有些「多餘」。依照科斯提爾斯（J. B. Corstius）的看法，完成的文學作品才應是刺激新作品產生的最大力量，它提供的思維方法和內容，進入接受者的發散域，有可能發生突變，從而產生新的作品[7]。也因此，對於爲數眾多的短命詩刊，不論它們顯現的當下「熱鬧力」如何，恐怕

[6] 劉介民，《比較文學方法論》，頁五三八，時報出版社，民七十九年。此「耗散論」爲物理化學名詞，於一九六九年提出，略謂：一個非平衡的開放體系，於外界條件之變化達到某一特定的閾值時，就有可能於量變基礎上產生質變，而該開放體系由於自身與外界的能量轉換，即有由不平衡到達平衡，從無序而有序的可能。文學創作過程之個人作品風格或流派轉變，與此相似，並非單一條件或單方面的主張造成，而是各方面條件的加入、吸收、影響綜合而得。

[7] 同[6]，頁五四〇。

對詩壇的貢獻都相當有限，甚至可能只是短瞬的刺激（有點像茶壺裏的風波），是許多好作品產生的微小因素，而不是最重要的因素。到了八、九〇年代，詩透過報章、雜誌、各種詩文學獎、大小文藝營、寫作研習班、學院授課，乃至詩集、詩選集、年度詩選……等等形式傳達予詩人或非詩人時，其影響力和傳播力恐怕是更直接更有力的吧。

這樣說來，未來詩刊最重要的目標，恐怕只提供了作品「發表」「譯介」「觀摩」「討論」「批評」（眞正的批評）的園地，此外，不管它的「運動性」有多強，主張多麼「前衛」，或恐都是「迷思」。「從現代到鄉土，口號縛不住清明的健者，卻害苦了無主的心靈」❽，這句話或可爲此「迷思」做個注腳。

二・九歌版《藍星詩刊》

「藍星」詩社曾以下表的面貌發行過各類刊物❾：

---

❽ 同❶。

❾ 參考藍星各類型刊物及張健〈藍星大事記〉資料，張文見《星空無限藍——藍星詩選》，頁四八五，九歌出版社，民七十九年。此書所列與羅門所列資料有若干出入，參見《藍星詩刊》第一號，頁五八，民七十三年。如羅門說，《藍星新詩週刊》共編二〇〇期及《藍星季刊》復刊共編十八期，均顯然有誤。

刊物名稱	起訖年月	出版期數	主編	備考
藍星新詩週刊	一九五四、六、十七～一九五八、八、二十九	二一一期	一至六十期覃子豪六十一期起余光中	借公論報一角半版篇幅
藍星宜蘭版	一九五七、一、一～（月刊）	七期	覃子豪	二十五開本
藍星詩選	一九五七、八、二十～十、二十五	二期	覃子豪	與一九八六年的詩選不同，二十開本
藍星詩頁	一九五八、十二、二十～一九六五、六、十（前，月刊）及一九八二、十～一九八四、六、十（後，雙月刊）	前一～六十三期 後六四～七三期	夏菁（一～一二）、覃子豪（一三）、黃用（一四）、余光中（一五～二七）、羅門、蓉子（二八～四五）、余光中（四六～五七）、王憲陽（五八～六三）、向明（六四～七三）	四十開摺頁
藍星季刊	一九六一、六、十五～一九六二、十一、十五	四期	覃子豪	二十開本五十四頁
藍星年刊	一九六四及一九七一	二期	蓉子、羅門	二十開本

藍星季刊復刊號	一九七四、十二～一九八三、十、二十	十七期	張健（一～四）、向明（五～八）、向明、夐虹（九～一〇）、方莘（一一）、羅門（一二～一四）、羅智成（一五）、王憲陽（一六、一七）	二十五開本，成文、林白贊助
藍星詩刊	一九八四、十、五～一九九二、七	三十二期	羅門（一）、向明（二～三二）	九歌贊助。二十五開本，約一百七十餘頁

由上表可看出「藍星」各項刊物的特點：

(1)大小詩刊總計共三百四十四期，而且型式變化非常大。如包含在《文星雜誌》上的「藍星地平線詩刊」⑩，則涵蓋了報紙、雜誌、詩刊等各種媒介物。

(2)在長達近四十年的歷史中，有近八年（一九六六～一九七四、十一，除了一九七一）未發行

⑩ 向明，〈五十年代詩壇〉，《藍星詩刊》第十五號，頁一九。

詩刊。

(3)上表中《藍星新詩週刊》、《藍星宜蘭版》、《藍星詩選》三者有部分出刊時間重疊，《藍星詩頁》、《藍星季刊》、《藍星年刊》三者亦如此，《藍星詩頁》及《藍星季刊》復刊號也有部分出版時間重疊。是臺灣詩社中唯一在同時期出版不同刊物的。

(4)最早的《藍星新詩週刊》扣除特殊年假，並未脫期，最晚的《藍星詩刊》則是雜誌型詩刊唯一不曾脫期的。

(5)主編多數為老一代詩人，較年輕一輩詩人（如王憲陽、羅智成、趙衞民、天洛等）接棒並未成功㉑。

這其中九歌版《藍星詩刊》出刊八年共約印了五千六百頁，發表詩作約一千五百首，評論文章二百零八篇，譯介文章一百零七篇，數量不可謂不多。而且每期詩刊厚度約在一百七十頁以上，為眾詩刊之首。篇章內容分類簡單，除了少量「專輯」外，大致均按「詩創作」、「評論」、「譯介」簡單分類，各期詳細目錄可見該刊第三十二期附錄，詩刊詳盡的內容此處暫不擬討論，而單以《藍星詩刊》入選爾雅版年度詩選的首數為詩刊及雜誌之冠（報紙副刊除

㉑ 參見本文「本論」及㉒、㉓。

外）[12]，即可見得該刊發表作品的一般水準。而年年均入選爾雅版年度詩選的四人中藍星同仁即占了三位[13]，這樣的成績似乎與詩社的「社性」「羣性」、詩刊的「主張」「運動」關係均不大，而倒與個人個別的努力有關。「詩刊」只成了友朋相互勉勵、發表詩作、挖掘新人，乃至累積名聲和作品篇數的場所。揆諸彼等近四十年在詩壇上的表現，「藍星」應是屬於「火氣」比較小、「運動力」比較弱的一羣，它的基本「精神」和「風格」可由藍星幾個成員的歸納中見出：

> 藍星之門開向整個詩壇，嚴格的創作與純正的批評是我們主要的目標。門戶之見是我們努力避免的陷阱。……藍星的傳統精神是「和而不同」。……「藍星」的基本風格是「心平氣和」，中正不偏。……既不標榜明朗，也不袒護晦澀；既不奢論民族風格，也不揚言文學的世界主義。（張健）[14]

[12] 李瑞騰，〈十年磨一劍〉，《八十年詩選》，頁三，民八十一年。

[13] 同[12]。

[14] 張健，〈藍星季刊復刊號前言〉，《藍星季刊》新一號，民六十三年十二月。

藍星一直主張自由的創作觀，……不標榜任何是國內國外早有人提倡過的詩派與主義，只把「意象」、「象徵」、「超現實」、「投射」、「寫實」、「白描」等表現技巧，當作自由運用在「寫好詩」上的種種技法；不因此造成單向性的約束力……（羅門）⑮

三十多年來，藍星同仁的所作所為，從一個詩社的立場來說，似乎可以歸納出下列的幾種風格。第一是不劃界線。……藍星同仁既不以出身或籍貫等等為號召，剩下來的唯一共識大概就是藝術了。第二是不呼口號。……歷年來藍星幾乎沒有高呼過什麼旗幟鮮明的口號。這種消極的態度，短期之間似乎太無為了；可是長期下來，對外，卻成了激進詩社的制衡，波動詩壇的定力，對內，則給予同仁各行其是各謀發展的自由。……第三是不相標榜。……藍星作者受到外界猛烈惡評的時候，也罕見同人拔刀相助，至於「弟兄們一起上」的場面，更不易見到。……一位詩人的地位應該建立於詩壇甚至文壇的共識，不可

---

⑮ 羅門，〈藍星的光痕引言〉，《藍星詩刊》第一號，民七十三年十月。

> 能長賴同人的撐持。第四是不爭權威。……在文學上，一種派別、一個運動的成就，必須放在更大的背景、更長的時間上來衡量。……有時候，有所不為的情操實在比有所作為的壯志更難修持。（余光中）[16]

上引三段其實已間接或直接批評了其他詩社的「主張」或「堅持」，如「創世紀」早期的「新民族詩型」「超現實主義」和晦澀作風、「笠」的本土色彩和集團行為、「葡萄園」「秋水」的明朗主張等。其中余光中自己戲稱為「四種負德」的這些精神和風格一直延續至九歌版《藍星詩刊》，而且更為明顯。如果以之與同時期其他詩刊互比，它可能有三項特色：

(1)開放的

較早的《藍星季刊》（復刊號）新第十七號的版權頁登過一次藍星同仁的名單，他們是：夏菁、張健、敻虹、蓉子、周夢蝶、黃用、吳望堯、商略、沉思、余光中、羅門、向明、王憲陽、羅智成、趙衛民、方明、天洛等十七人[17]，這在所有其他詩刊上顯然都是版權頁上

---

[16] 同[1]。

[17] 見《藍星季刊》新第十七號版權頁，民七十二年十月。

「必要的」一欄。對外，它常常是一種力量的宣示，對內，則成了同仁間無形的一項約束。比如《笠》詩刊每期均會刊登七十餘位同仁名單，且按入社先後年代排列，還包含已故的詩人、日本詩人，顯示一種明顯的「倫理」觀，對外且以「笠集團」自許[18]。《創世紀》詩刊則除了每期刊列二十四位臺灣同仁名單外，還加列大陸九位、國外十位同仁名單，還包括兩位西方詩人[19]。《現代詩》除了七位老一代詩人，尚有五位中年以下詩人、兩位流亡海外的大陸詩人同仁[20]；《葡萄園》列了二十七位老中青同仁；《秋水》列了十三位同仁，其餘《心臟》、《臺灣詩學季刊》等等詩刊均不例外。然而九歌版《藍星》詩刊卻是唯一的例外，從第一期到三十二期均看不出有哪些同仁。它幾乎不再像是一個同仁詩刊，而是更爲開放性的、「公開」的詩刊，也恐怕是臺灣唯一幾乎完全開放的詩刊。這一方面是該社經數十年的歷練和自然淘汰，部分同仁早已停筆、部分同仁則在詩壇上已各具地位，事實上已不必借助同仁詩刊來發表作品或維持其知名度（當然，九歌版中仍有少量這樣的篇章，但許多其他詩刊此傾向更爲明顯，尤其是大陸詩評進入臺灣後，更有「兩岸互捧」趨勢）。另一方面，同仁的目的本來在對

---

[18] 見《笠》詩刊各期版權頁。

[19] 見《創世紀》詩刊第九十二期版權頁，民八十二年一月。其他各期「大陸同仁」名單互有增長。

[20] 見《現代詩》復刊第十九期版權頁，民八十二年二月。

詩刊提供必要的經費，那常是同仁口袋中薪水的一部分，而藍星很早就擺脫了此項困擾，它成了臺灣第一個獲得知名出版社（九歌）支助長達八年（九歌版之前的復刊號則有成文及林白支持）的詩刊。這樣的「開放性」爲未來臺灣詩刊的面貌提供了一種示範，同仁詩刊固有其優點，但相對上較爲閉鎖、排外，未來完全開放性的詩刊或許也有其存在的必要。

⑵無爲的

多數的詩刊都想有一番作爲（年輕的詩刊更是如此），尤其想在詩史寫上一筆。他們的作爲一般表現在吸收、整合優異的同仁上，表現在宣言、主張上，也表現在詩刊製作的醒目招人上（如專輯的製作、筆戰、大膽批評等），而「藍星」表現得相當反常、消極，不認爲詩社是一種「超個人的存在」，所謂「詩社的光輝」實不必「誇大」，而且不認爲詩社是詩史「主要的線索」或「唯一的線索」，對這一點，余光中有持平的看法：

> 如果把詩同等同於詩社的興衰消長，一方面未免忽略了整個文壇的氣候，另一方面又低估了個別詩人的選擇。三十年來，刊登並評介現代詩，對現代詩運有重大貢獻的，除了各詩社之外，論雜誌則先後尚有《文學雜誌》、《文星》、

《現代文學》、《文學季刊》、《幼獅文藝》、《純文學》、《書評書目》、《中外文學》……等多種；論副刊則有「中華副刊」、「人間」、「聯合副刊」、「青年戰士報詩隊伍」等等；論活動則至少該提到「復興文藝營」與「耕莘寫作班」。要是沒有這些報刊和社團的支持，只靠各詩社同仁的經營，現代詩當無今日之盛況。㉑

此外所謂「詩社的興衰消長」對多數詩社而言指的應是「詩刊的興衰消長」。九歌版《藍星詩刊》雖是「藍星」詩社辦得最長、最久、最「旺」的一次，但除了臨別秋波，辦了一次屈原詩獎外，它可說相當「無爲」的。它只製作過「女詩人專輯」（第三號）、「懷念鄧禹平」「懷念沙牧」專輯（第七號）、「卞之琳專輯」（第十六號）、「天安門特輯」（第二十號）、「懷念朱沉多特輯」（第二十四號）、「屈原詩獎得獎作品專輯」（第三十一號），其餘實在只是創作、論文、譯介的排列而已。當然，我們討論的不是這些作品的品質而是處理手法。這比起一些年輕詩刊的「雄心壯志」「捨我其誰」的氣勢，是相當「沒有作爲」的。這種「無

㉑同❶。

爲」也表現在藍星「同仁的吸收」、「培育年輕一代接棒」上，顯得意興闌珊，毫不積極，即使前舉四十歲以下的年輕同仁（九歌版之前《藍星季刊》第十七號所列）也任其來去。社內同仁蓉子曾一度冀望於王憲陽㉒，九歌版之前的詩刊編務有一度也交給了他及羅智成、趙衛民、天洛等人，可惜到了九歌版，編務還是回到了老一代詩人手中。社外詩人陳寧貴曾以〈「藍星」能成爲「恆星」嗎？〉㉓一文明白指出「藍星」的困境即在傳承接棒上產生了困難。問題的癥結卻是：一個詩人的確有必要追求成爲恆星，但詩社有此必要嗎？以「藍星」如此「無爲」的作風，既不「愛捧」自己人，對年輕詩人的「照顧力」恐怕就有限，其「凝聚新血」的力量自然不強。繁重的編務若無一些「使命感」或「主張」在背後支撐，對年輕詩人更是沉重的負擔，尤其《藍星》在成爲開放性的詩刊後。這點相對於其他老詩刊，「藍星」就顯得無力得多，比如《現代詩》復刊號雖老牛拖車、十年出不到二十期，但棒子總算交到零雨、鴻鴻等年輕一輩手上；《創世紀》也輾轉到了沈志方、侯吉諒、杜十三、簡政珍等中年一代手中；《笠》到了陳坤崙、李昌憲、李敏勇等人手中，《葡萄園》到了吳明興又交到晶晶手中，「世代交替」雖不盡符人意，「表面」看來像是「交接成功」，「風格」「精神」

㉒ 蓉子，〈藍星十一週年〉，《藍星詩頁》第六十期，民五十四年三月。

㉓ 陳寧貴，〈「藍星」能成爲「恆星」嗎？〉，《藍星詩刊》第一號，頁八三，民七十三年十月。

都無太大改變。然而此處卻有了「盲點」，等到老一代「凋謝」之後（他們實際仍在背後硬撐著）呢？這些詩刊果眞仍能成爲「恆星」嗎？恐怕還得拭目以待。尤其年輕一代中若沒有人當得起「重要詩人」的話。

「無爲」是相對地說的，九歌版之前的「藍星」似乎並未完全的「無爲」，其實「火氣」也不小，比如對「傳統」的看法（一九五九）㉔、對「晦澀」的說明（一九五九）㉕今日看

㉔ 李淳，〈反傳統及中國化〉，《藍星詩頁》第十一期，民四十八年十月。文中略謂：「寫新詩的朋友中，有不少很像英美『憤怒的青年』一般，在力求『反傳統』。他們的精神是可以嘉許的，一切改革及進步，均要靠這種精神。但其手段，大有商榷的餘地。因爲我們要反傳統，必先要研究及整理傳統。我們所反對的，是不是傳統中的劣點，不是它的長處。換言之，我們要用揚棄、批判的方法去反對或接受傳統，不是不問黑白是非的一律加以反對。艾略脫（T. S. Eliot）曾說：『人們若棄文學傳統於不顧，則淪爲野蠻。』我們固不能盲目地墨守，也不能盲目地反對。梁實秋先生在本社四週年慶祝會上曾說過：『目前有許多新詩，太像外國詩，假如翻譯過去，卽無甚區別。』最近自美返國講學的顧獻樑先生也一再提到了這點。我想這都是指內容和精神而言的。假如我們的『反傳統』者，只做到了反中國的傳統，而沒有做到反西洋的傳統。那麼仍舊沒有翻出如來佛的手掌。」

㉕ 李淳，〈論詩的晦澀〉，《藍星詩頁》第三期，民四十八年二月。文中略稱：「我認爲詩的晦澀，可以分爲兩種。一種是不得已的晦澀。一種是故意的晦澀。前者是可以原諒和同情的。尙不失其爲『眞』。後者是誇耀而做作的，卻落入了『僞』。有修養的讀者，固不難判別一首詩的眞僞；但眞正的滋味和企圖如何，只有『得失寸心知』的作者自己明白。」「當然，目前有很多並不晦澀的好詩，一般讀者亦無法接受。這是因爲他們未養成讀詩的習慣所致。我很同意賈拉爾在這方面的看法：『假如我們養成讀現代詩人作品的習慣，則晦澀對我無奈；但一旦習慣失卻，則淸晰亦與我無補。』這裏的所謂晦澀，當不作符錄解。總之，『晦澀』爲不得已的事，我們可予消極的容忍，但不必積極地提倡。」

來都是相當有「主張」有所「堅持」的，然而九歌版八年的「無爲」比起許多詩刊短瞬的乍起乍落和看似「欲有作爲」，又似乎是更高一等的「無所爲而爲」的「作爲」。比如九歌版第三號（一九八五、四）曾列出《現代詩》、《藍星》、《創世紀》、《葡萄園》、《笠》、《秋水》、《大海洋》、《心臟》、《風燈詩頁》、《詩人季刊》、《腳印》、《掌握》、《漢廣》、《詩人坊》、《詩友》、《詩畫藝術家》、《臺灣詩季刊》、《掌門詩頁》等詩刊的聯合廣告，經過七年多，到了第三十二號（一九九二、七）則除了前七種外，後十種詩刊均已煙消雲散，卻改成加上《地平線》、《薪火》、《曼陀羅》、《新陸》、《臺灣詩壇俱樂部》、《風雲際會》等詩刊的廣告，但旋踵之間，這些詩刊已大多由季刊而半年刊而年刊而慢慢步入休刊階段，這其間未列入上兩項聯合廣告卻來勢洶洶的《兩岸》詩叢刊（一九八六年十二月創刊，苦苓主編，只編了三集）、《草根》復刊號（詩海報型式，一九八五年二月復刊，筆者主編，只編了九期）、以整合新世代詩人爲號召的《四度空間》（一九八五、五）詩刊等也都「顫動」一陣旋即告休刊。這些年輕詩刊的命運比起早年《龍族》詩刊的五年（一九七一、三～一九七六、五）、《主流》（一九七一、七～一九七六、一）、《大地》（一九七二、九～一九七七、一）、《陽光小集》（一九七九、十二～一九八四、六）等的四年半、《詩脈》（一九七六、七～一九七八、九）的三年等均短命許多，影響力也微弱了許多。提出的許多看法、主張到後來都成了「多數人壁上觀，少數人下海」、ㄇ惠而實不至的ㄇ號，比如「都市詩」「科幻詩」「生態詩」㉖、「廣義的鄉土與大中國意義」㉗等均是。「寫什麼」成了許多詩刊最關切的主題，而其實這是社會時代變化進展以及諸多因素使然，而非詩刊單獨提倡的結果，詩人可隨其個性、興緻而寫，不必強求自己要求別人。至於詩人該「怎麼寫」倒是很少詩刊關心的，於是我們就看到無數很壞很爛的「鄉土詩」「寫實詩」「都市詩」「政治詩」「方言詩」等詩作大量出籠，卻很少人願意說眞話，倒是找了許多人來「哄擡」、「瞎捧」、「炒作」，成了今日詩壇最「熱鬧」「輝煌」的「假象」。「詩刊」若是變成「製造光輝」的地方，那不如讓我們「無爲」吧！

⑶平衡的

九歌版《藍星詩刊》的「無爲」也表現在「對同仁詩作的處理態度」和「對大陸詩作的處理方式」上。《笠》詩刊對詩作品的處理態度一向是最壁壘分明的，「同仁詩作」始終與「社外詩作」「海外詩作」（含大陸詩作）區分開來，而且「同仁」始終擺在「社外」「海

㉖林婷，〈八〇年代的詩路〉，《四度空間》創刊號，民七十三年五月。

㉗陳去非，〈對中國新詩總的體認〉，《地平線》創刊號，民七十四年九月。

外」之前，同仁作品數量約占二分之一弱，而大陸作品既被視爲「海外詩作」，當然不重要，只能少量刊登，其「臺灣主權」心態極爲明顯㉘。《創世紀》詩刊於第六十四期（一九八四、六）首先推出厚達八十頁的「大陸朦朧詩特輯」（葉維廉策劃），此後至七十一期（一九八七、八）大陸詩作仍只少量刊出，至七十五期（一九八九、四）始有「大陸詩頁」「臺灣詩頁」的處理方式出現，至七十六期（一九八九、八）因刊出「天安門事件特輯」，將大陸與海外並置成「海外・大陸詩頁」，「憤懣」心態明顯。至七十九期（一九九〇、七）則竟成了「臺・港詩頁」「大陸詩頁」，將「臺灣」「香港」二地並置，到八十、八十一合期（一九九〇、十）則成了「臺灣海外詩頁」「大陸詩頁」，此後大致都是「臺灣・海外詩頁」「大陸詩頁」二欄，均將「臺灣」「海外」並置，顯見臺灣詩作數量上的減少，大陸詩作則蜂湧而入，「臺灣」似乎必須借助「海外」以避免數量不足的尷尬。《創世紀》的同仁詩作大致約占三分之一強至二分之一弱，大陸詩作約占三分之一，而上述將「臺灣」與「海外」並置，與《笠》之將「大陸」視同「海外」，的確是強烈有趣的對比㉙。《葡萄園》詩刊在一〇六、一〇七合期（一九九〇、二）時仍以臺灣作品爲主體，將大陸及海外混列於其後刊出，一〇八期（一九九

㉘ 見《笠》近十年各期詩刊。

㉙ 見《創世紀》近十年各期詩刊。

〇、八）首先分爲「臺灣地區」「大陸地區」「香港海外地區」，此後一直維持不變，此期後兩者約占全數詩作的一半，至一〇九期（一九九一、一）「大陸地區」詩作即已超過一半以上，至一一六期（一九九二、十二）又將之壓回三分之一強左右㉚。而《秋水》詩刊遲至第六十期（一九八九、一）方才闢出「大陸詩人作品之窗」，介紹大陸三位女詩人作品，至六十四期（一九九〇、一）及六十五期（一九九〇、四）則在「大陸詩人作品欣賞」一欄下刊登的大陸作品仍只占約三分之一弱，至七十六期（一九九三、一）則大陸詩人作品已占去二分之一強了㉛。大陸作品的「強勢」在這些老詩刊（除《笠》外）上都相當明顯。而於九歌版《藍星》上則處理手法相當不同，它刊登大陸詩作的時間並不早，至一九八九年七月的第十六號詩刊上才有「卞之琳專輯」出現，十月的第十七號有「大陸詩作八家」、一九九〇年六月的第二十二號有「大陸詩作七家」，此外各期詩刊均將大陸詩作、海外詩作與臺灣作品混雜刊出，不分欄也不分前後，大陸作品所占篇幅頂多只有四分之一左右，此與某些詩刊的「強龍壓地頭蛇」並不相同。同時藍星同仁詩作在九歌版上刊載的比例很低（約五分之一以下），不像其他詩刊有的仍處於「養成同仁期」，此與前述第一項所說「開放的」特色有關。當然這樣的

㉚ 見《葡萄園》近十年各期詩刊。

㉛ 見《秋水》近十年各期詩刊。

處理態度不見得是比較好的作法，尤其多數詩刊都爲同仁刊物，不太可能也採取同一步驟。然而藍星的「處理手法」前後較爲一致，並未擺盪不定，也未完全將大陸「推開」成「海外地區」，或將「臺灣」與「海外」並置，同時也未因大量詩刊登大陸詩作而失衡或「迷失自己」。未來的時代或政治狀況會走向何種境界，恐怕無人可以預料，分分合合本是歷史常態，過分執著地認定「該當如何」或「不該當如何」都是強人所難或過於短視，詩人可以做的應是本其良知良能，行其所當行，止其所當止，以詩的完美自我要求、以詩的立場俯視當下所處之現實，「寫什麼」「怎麼寫」兩不偏廢，否則時過境遷，非藝術品的渣滓詩作都將被時間過濾掉。這種「平衡感」的自我要求和約束也應表現在「詩活動」的處理、「詩刊」的製作上。比較「中性」「無爲」「開放」的詩刊似乎比較容易達到這種「平衡」。

叁・結語

由上述「本論」可得到九歌版《藍星詩刊》的三項特色：「開放的」、「無爲的」、「平衡的」。這些特色看來不怎麼樣，其揭示的意義卻是：詩刊來到八、九〇年代，恐怕再也沒有大家想像的那麼重要——可以左右詩潮、縱橫詩壇；相對於二〇、三〇年代知識分子的左傾臆病，五、六〇年代臺灣文化的西化傾向，七〇年代大陸文革的狂犬文化，其實都是患了「偏執」、抓住單一「主義」之病。如今則已到了心智解放、全然自由的時代，再也沒有誰是誰的國王，誰是主流或誰是中心——這是一個無中心的年代，所有的詩人都可以按照自己的個性、才智、學識、環境、認知、和關心的或大或小的時空範圍，抒寫自己最想表達、最易表達、和可能表達最好的，任何有限制、有界限、有單向約束的「主題」或「主張」，或可要求部分詩人的追隨，但已再難求得多數詩人的認同，否則，恐怕都有違這時代的精神。「藍星」過去「和而不同」「自由創作」「不呼口號」的精神和風格，實際上預知了這時代的到來，而九歌版《藍星詩刊》八年來則更加明白地彰顯了這項「預見」。當然詩運要活潑、蓬勃，詩社詩刊越多自然越有可能，但已絕非唯一的可能，還有許許多多的因素可以促成這種可能，包括詩集、詩選、年度選集的出版，時代、政治、社會、經濟、文化現況的改進，包括詩學理論的建立、詩獎的設立、報刊雜誌、文藝營的催化，乃至教育制度（尤其是國文教育）的改弦更張……等等。詩社是情感結構的組合，它是個反應器或者舞臺，或者，頂多有催化詩運的作用，但並不能保證能產生好的演員和好的演出。詩人最後都必須回到自己孤獨的工作室去埋首創作，而如果詩社詩刊中不曾孕育出真正的好詩人，所謂「詩社」「詩刊」也者常只能「喧騰」一時「熱鬧」一陣罷了，最後收拾「殘局」的卻都是別人的「好作品」

而已。而如果拿不出好的創作來，所謂「集體」的力量，恐怕也很難眞正發揮，頂多幫幾個人「擡轎」罷了。因此，詩人要靠詩社詩刊來製造或維持名聲，其實是相當「假象」「危險」甚至「不智」，若缺乏持續的創作力和新作品好作品的源源出現，或者乾脆說，要是從來就沒創作過什麼好作品，那麼所謂「聲名」也者，詩社詩刊都可能只幫忙「製造」「假象」於一時，卻很難襄助他維持一世，何況後世？

詩刊被部分詩人當作進入文壇的「敲門磚」，被另一部分詩人當作「神轎」，有的希望別人擡，有的喜歡擡別人，有的不自覺擡著轎還沾沾自喜，許許多多「詩社的光輝」甚至許多「詩史的假象」便如此形成。也因此，詩史絕不等同於幾個詩社或許多詩社詩刊的歷史。未來詩刊的面貌應是「服務詩壇」「惕勵創作」「誠實批評」「深化理論」「提拔後進」的舞臺。「詩刊」可以談理想，但最好學學好的「文學雜誌」的理想，好的「副刊」的理想，壽命要長，按時出刊，但絕不輕易「主張」或單向約束「主題」。「開放的」「無爲的」「平衡的」看來也不像太壞的特色，九歌版《藍星詩刊》爲未來的詩刊面貌提供了一良好的示範。而即使「藍星」詩社消失於無形，它過去的努力、苦勞和功勞都將隨著它同仁的作品進入歷史，成爲詩史背景的一部分。而未來的歷史也或將證明，其實「開放」「無爲」「平衡」是一個「詩社」最正常的特色。

媒介轉換

——文學書寫與空間展演

前言

人類生存的視境與生活方式，與使用的傳播媒介息息相關。這些媒介發展的階段可分為幾個時期：⑴信號時代（我比你看，早於百萬年前），⑵語言時代（我說你聽，約四萬年前），⑶文字時代（我寫你看，約六千年前），⑷印刷時代（我印你看，中國約一千兩百年，西方約五百年），⑸電子時代（我演你看，近百年）❶。印刷媒介包括書籍、雜誌、報紙；電子媒介包括廣播、

❶ 參閱 M. L. Defleur & S. Ball-Rokeach, *Theories of Mass Communication*（《大眾傳播學理論》，杜力平譯，遠流版，民八十年）第一章；另見李金銓《大眾傳播理論》（三民版，民七十九年），頁八四及王洪鈞著《大眾傳播與現代社會》（正中版，民七十八年）第一章。關於人類語言發生的時代始終有爭論，有說五十萬年前印歐語系未開始時已使用語言，但並無直接證據。較令人信服的證據是九萬年至四萬年之間。又人類約出現於一百五十萬年前，北京人約五十萬年前，山頂洞人約三萬年前。

電話、電影、電視、音響、錄影機、碟影機、電腦等等。先不論所傳播的內容如何，這羣不同的媒介形式，在這時代仍然並存著，而當然以電子媒介最爲強勢。

越是晚近，電子媒介發展得越是快速，以電視機的擁有率爲例，四〇年代美國開始有家庭電視，六〇年代電視的普及率即已達九八％❷，這比起電話約花八十年、汽車花五十年、收音機花二十五年才達七五％的普及率來說，是快速太多了❸。而臺灣六〇年代初期電視才開播，到八〇年代中期電視普及率也已達九三％❹。不僅如此，而今「電視大就是好」的觀念正漸漸成爲九〇年代現代家庭的共識，傳統電視擴張到三十五吋，一九九一年最新型的「投影式電視」竟可在家中將畫面擴大至十五呎寬，其「壯觀」的場面足可與小型電影院媲美。此兩項產品目前在美國正以每年一一％以上的比率成長著❺，其堂堂進入臺灣家庭也將是幾年之間的事。如此發展，今後多數家庭必然爲碟影、錄放影、超大型電視、大小耳朵、巨音系統（Mega-sound systems）、遙控電玩等等所纏繞包圍，日日淹沒於電磁波與音波的發

❷同❶譯書，頁一二三。

❸W. Sohramm, *Responsibility in Mass Communication*（《大眾傳播的責任》，程之行譯，遠流版，民七十九年）頁四六。

❹李亦園，《文化的圖像》（上），頁三三，允晨文化實業公司，民八十一年一月。

❺劉謙，〈我的家是電影院〉，《中時晚報》第九版，民八十一年三月十七日。

燒發燙之中。

文學主要以文字書寫的形式存在，並以印刷於紙張爲傳播媒介，此種身段要與快速進展的電子媒介同臺爭取讀者，顯然極爲不易。直到今天，印刷媒介當然仍是文學最普遍的傳播方式，但文學作品想借助電子媒介——錄音、錄影、廣播，乃至改編爲電影、電視劇、舞臺劇……等等的嘗試，正方興未艾地在努力當中。這無非是：⑴希望將文學由平面的書寫形式轉換爲立體的聲音影像，以吸引廣大的羣眾；⑵同時也意味著文學的閱讀人口正在大量的流失；⑶更代表了電子媒介具有難以抗拒的魅力，即使傳遞的是非文學非藝術的內容。它們正像磁石般牢牢攫住了一般的升斗小民，乃至於爲數頗眾的知識分子或準知識分子。一九八八年的統計，臺灣地區人民週一至週五觀看欣賞電視電影等影視活動的高達七二%，讀小說散文的約九%（可能高估了），例假日從事這項文學活動的則更是微不足道❻。偏偏大眾媒介多以娛樂性爲主要功能，「再沒有一種媒體，但求爭取高雅的『少數』大眾而能生存」❼，代之而起的藝術既非純正藝術亦非民間藝術，而是被暱稱爲「文化工業」的「大眾藝術」，

---

❻同❹，頁五四。又根據最新調查，臺灣地區常看文學藝術書籍者約八・四%，如此讀小說散文者當然遠低於九%。另見《聯合報》，民八十一年四月十六日「讀書人」版。

❼同❸，頁三〇六。

而且都不免於商業取向與庸俗化。

> 在通俗文化的大舉侵襲下，傳統社會的庶民文化（folk culture）和精緻文化(elite culture)都受到摧殘。各國本土的民間藝術都是藉親身傳播以持續和流傳的；貴族的古典音樂和戲劇也不用媒介作通道。這兩類文化都無法和通俗文化競爭。在大眾媒介越發達的地方，文化的多元性越是受到侵蝕。在我國演平劇的「大舞臺」，乃被放映電影的「大戲院」所取代，野臺下面地方戲的觀眾，都被吸引到漆黑的電影院裏或電視機的旁邊去了。⑧

徐佳士這段話是八年前說的，如今大電視已逐步取代大戲院，然而通俗譁眾的內容，迄今毫無改善跡象。文學領域更是如此，劣幣驅逐著良幣，但見沈迷於影像的「繭居族」「圖像族」正野火燎原地席捲了過去文學曾經或未能占有過的領土。語言學家羅蘭・巴爾特即說：「無論如何，文學的統治已經消失，作家再也不能耀武揚威了」「並不是說文學已被消

---

⑧ 徐佳士，〈電影・社會・文化〉，《文訊》第十五期，頁三八，民七十三年十二月。

滅，只是說它不再被看守了」「在這裏無論天使還是魔鬼都不再維護它」❾「既未留下信從的聽眾，又未留下值得注意的追隨者」❿，這些話是十幾年前說的，雖是逆耳之言，在臺灣從事文學工作的人卻不得不承認，它已經慢慢變成事實。然則，文學人會從此甘心雌伏？因之，除了文學作品本身的書寫型式之外，是否有可能將其轉換成它種藝術形式，以便進入更易引起注意的媒介傳播之中？或者其他的藝術形式願將文學作品當作再創作的素材、或者「催化劑」？乃至於不同藝術形式的發展對文學家的創作活動產生何種質變？等等，似乎都是值得探討的課題。文中將對臺灣現代文學迄今為止的一些媒介轉換過程作一掃描式的回顧。而在探討之前，針對文學與其他藝術的關係、電子媒介強力磁引大眾的原因何在？以及有否可能將文學帶到他們面前？等疑慮，文中也將做簡略的分析。

壹・文學、藝術及傳播媒介的關係

藝術若依使用材料及塑造形象方式之不同，可分為語言藝術、造形藝術、表演藝術及綜

❾ R. Barthes, *Writing Degree Zero.*（《寫作的零度》，李幼蒸譯，時報出版公司，民八十年二月）頁二〇三。

❿ 同❾附錄，J. Kristeva所著〈人怎樣對文學說話〉一文，頁二三六。

合藝術⑪。文學屬於語言藝術，它傳播時大多採用較口語精緻的文字書寫（書面語言），再以印刷形式呈現。當然也可借助口頭語言的誦讀而直接傳播，也可與音樂配合而成歌曲或歌劇，更可與戲劇或電影結合而成綜合藝術，這些藝術間的轉換變化都可使文學脫離平面的書寫，進入立體的空間展演。但文學經媒介轉換的數量，若與直接書寫印刷形式相比較，仍微乎其微。不過文學若考慮到爭取大眾，則透過聽覺的語言傳播、或藝術媒介間的轉換，顯然有其必要。除印刷媒介之外，這些不同藝術形式與強勢的電子媒介間之關係，可以表一簡略說明。

表一：

分類	藝術形式	特性	與電子媒介的關係
語言藝術	文學	以語言文字間接呈現藝術形象	主要透過印刷媒介，少量透過聲音傳播。必須轉換成其他藝術形式才易進入電子媒介。

⑪ 劉介民，《比較文學方法論》，頁四四〇，時報出版公司，民七十九年五月。

藝術		
造形藝術	表演藝術	綜合藝術
繪畫・雕塑	音樂・舞蹈	戲劇・電影
以色彩、線條、造形直接呈現藝術形象	以音響、節奏、旋律或個體動作、姿勢等呈現藝術形象	綜合運用各種藝術材料和手段，並加入科技以呈現藝術形象（不只是人的表演）
直接靜態地空間展演。可經攝影呈現，或因輔助舞蹈、戲劇、電影（如佈景、舞臺設計）進入電子媒介。	可在電子媒介上單獨表現，或配合戲劇、電影等來傳播。	可動態地於舞臺空間展演（戲劇）和直接於電子媒介上展演（戲劇和電影）。

由表一的特性一欄，不難看出形象性是各種藝術共有的重要特徵（音樂引起的是非造形的形象，而常是指聽覺意象，但若考慮表演者的姿勢表情，則又加入視覺的⑫），只是採用不同材料或不同手段。文學既是藝術之一種，當然具有藝術的一般特性，也有區別於他類的自我特點。它們之間的相互關係，包括文學與繪畫、文學與音樂、文學與戲劇、文學與電影……等等，因

⑫ 瓦倫汀，《實驗審美心理學》（下）（潘智彪譯），頁七四，商鼎文化出版社，民八十年十二月。

限於篇幅，本文除在第二節稍略涉及外，並不擬詳細討論，此處則只擬指出這些藝術在傳播時造成影響的不同。萊辛在《拉奧孔》一書關於詩畫的觀念中指出：造形藝術（繪畫雕塑）與詩（文學）的分別在於造形藝術是運用空間上的並存，對並列事物及實體有興趣，詩是運用時間上的承續，對相繼排列之事物及動作有興趣⑬。黑格爾受此「以時空區別藝術」觀念的影響，認爲雕刻用立體、繪畫用平面、音樂則化面成點，到了詩（文學）中則受到物質的束縛就更少，外在素材完全降到沒有價值的地位，只保留了聲音，再化成文字時，更成了本身並無意義的（武斷的）符號，閱讀文學時是由約定俗成的符號引起觀念（對語言文字的認知），間接由觀念再引起情感。於是他便認爲藝術愈不受物質的束縛，就愈顯出心靈活動的自由，也就愈高級，到末了只在思想和情感的內在空間與內在時間裏消遙遊盪。他又認爲詩藝術的這種自由對於每一種美的創造都是必要的，故可流注到一切類型的藝術裏去⑭。此處必須指出，要參與這種高級、心靈的自由活動、要達到「消遙遊盪」，則須具備起碼的語言文字訓練，而且相當耗費智力，這是文學（尤其是詩）與其他藝術形式在傳播時最大的不同。其他

---

⑬ G. E. Lessnig所著的《拉奧孔》（一七六六）一書，即朱光潛所譯《詩與畫的界限》一書，全書以此項觀念爲主。另見黑格爾著《美學》（一）（朱光潛譯），頁一二四。

⑭ 黑格爾，《美學》（一）（朱光潛譯），頁一一七，里仁書局，民七十年五月。

的藝術可借助影像聲音的情感符號輔助了解，而文學除了語言文字的理智符號外，別無憑藉。對一般大眾而言，前者顯然比後者容易多了。關於此點宜再進一步說明。

如果我們將藝術作品的創作過程分爲感覺活動、心理活動和表現活動三階段，則前二者不妨視爲內心世界所發展的「意」，而末者可視爲對外面世界所發出的「言」，此時或可參考筆者在〈詩與生命能力〉一文中所列⑮，另試製如**表二**（此表與〈詩與生命能力〉一文所列略有不同）。

表二：

感覺活動	情	情感
感應能力	印「象」能力	
經驗		
感官對各種刺激的反應	生理的反應在意識上所生感覺	

⑮ 白靈，〈詩與生命能力〉（下），《藍星詩刊》第二十三，頁六二，民七十九年四月。

意（內）		言（外）			
心理活動		表現活動			
思		辭（廣義的）			
思想		藝術形象			
一切藝術		文學		其他藝術	
理解能力	想像能力	用字	佈局	選擇	安排
概念的抽象的	意象的具象的形象的	理智符號		情感符號	
用語言、符號及圖象思考	用語言、符號及圖象交換思考	語言文字		影像聲音	
內在書寫與展演（廣義的內在書寫語言）		文學書寫		空間展演	
		外在書寫語言（廣義的）			
		尋言			

由表二可看出：藝術家與常人最大的不同處在於他有表現活動——或是借助文學書寫或是借助空間展演。大眾必須透過藝術家的表現活動，才能分享他們的感覺和心理活動，但此項分享同時也與大眾自身的感情思想有關，亦即與其自身的生命能力有關。此等生命能力的分類可再以表三說明⑯（此表另見〈詩與生命能力〉一文）。

⑯ 白靈，〈詩與生命能力〉（上），《藍星詩刊》第二十二，頁五三，民七十九年一月。

●表三：

生命能力			
感性能力（生理）		智性能力（心理）	
與生理節奏有關		與心動機理慾望有關	
感應能力（低級）	印「象」能力（高級）	想像能力（低級）	理解能力（高級）
視、聽、觸、味、嗅……覺等「對客觀現象發生實感的能力」⇩自然的生理刺激反應	錄印上述各種客觀現象的形式之能力⇩物象（包括語言符號的錄印）	反省（或「直觀」）印象能力錄印的物象（包括語言符號）⇩意象（心象）	考察種種物象或意象的因果、本質、可能性、必然性、是非性、整體性等抽象思維的活動

上述這些能力在藝術欣賞時的作用大致爲：㈠欣賞文學書寫時，讀者必須⑴有慾望或動機；⑵視覺能力先實感語文符號；⑶理解能力（高級的）考察語文符號的含義；⑷驅使想像能力（低級的）發生作爲，在內心建立意象而直觀之；⑸當使慾望達到滿足，即由心理作用產生美感情緒。㈡欣賞其他藝術的空間展演時其步驟可能爲⑴有慾望或動機；⑵視覺或聽覺能力直接實感各種影像或聲音符號，當能引起生理節奏的刺激或和諧時，直接先產生快感；⑶理智能力（高級的）隱伏而不易顯現，或介入較晚，對影像或聲音符號之內或之間較

抽象的因果關係生辨認作用（但現代某些強調思想活動和影像活動必須同時發生作用的藝術作品又另當別論）⑰；⑷想像能力（低級的）對內心所生之形象與外界的形象同時發生作為；⑸慾望達到滿足時，即由心理作用產生美感情緒。由以上簡略的分析及**表一表二表三**或可說明文學藝術與傳播媒介的幾點關係：

⑴若「媒介」一詞指所有促成文化轉移之事物，包括物質上的支援以及相關人物的作為⑱，那麼廣播、電視、戲院、錄音、錄影、電腦……等媒介工具屬物質上的支援，而音樂、繪畫、雕塑、電影、戲劇等藝術形式屬人物的作為。因此麥魯漢（McLuhan）所謂「每一個媒介的內容並非它本身，而是另一個媒介」⑲，應可解釋為：當媒介工

---

⑰ 某些戲劇家認為在劇場中最重要的是潛在的、隱伏的、言外之意及文字與形象的多義性，表演不在使觀眾感動，而是使其受創，不在幫助他思考，而在提供一些靜態的原始素材，由他自己去給它意義。也就是假設觀眾有能力通過必要的途徑，找到符號後面的意義。參閱 G. Betton 所著《電影美學》一書第五章（劉俐譯），遠流出版公司，民七十九年四月。

⑱ Yves Chevrel，《比較文學》（馮玉貞譯），頁七七，遠流出版公司，民八十年十二月。

⑲ 引自李金銓，《大眾傳播理論》，頁八六，三民書局，民七十九年。所以一般在討論媒介時常常將物質上的支援與人物的作為，或媒介與媒介的內容混合而談。以媒介的參與感為例，參與感越大的往往有越大的效果，各種媒介的社會參與程度，依序是：⑴私人談話，⑵團體討論，⑶非正式集會，⑷電話，⑸正式集會，⑹電影，⑺電視，⑻收音機，⑼電報，⑽個人通信，⑾公文，⑿報紙，⒀公佈，⒁雜誌，⒂書籍。這其中⑴至⑶及⑸⑽屬人物上的作為，電影屬藝術形式一種，也是人物作為，若寫成「電影院」或「影片」則為物質上的支援。此處可注意⒁⒂的印刷媒介排名最後。另參閱李茂政，《大眾傳播理論》第六章，三民書局，民七十九年十月。

具是傳播的形式時，各種藝術可以是它媒介的內容；而若不同藝術形象代表不同的媒介形式時，感性思想是它媒介的內容。

⑵文學因所假借者少，故欣賞時較自由，其他藝術形式受物質束縛較大，欣賞時易受到環境的限制。

⑶文學或其他藝術創作時都同等費力，受物質束縛較大者，其難度可能較大，創作人口也較少。但能欣賞的人口比起文學可能都較多，這是因文學欣賞要求的條件較具知性，欣賞的時間也較不經濟。同時欣賞任何藝術，讀者所得收穫與其本身生命能力的高低強弱成正比。

⑷受物質束縛大者同時也易束縛物質，包括人的視聽感官。因此大眾迷於音響、KTV、MTV、電影、電視劇者乃不計其數，一如迷於收購郵票、名畫、古董者然。此種磁引作用非常不易擺脫，一如物質的萬有引力定律般，物質質量越大者，引力便越大。而獨文學較易讓人有自由感。

⑸電子媒介本身也是物質的一部分，其束縛文學以外的藝術較為容易，再透過這些藝術來約束人的感情思想更是輕而易舉。因此掌握大型媒體者常能掌握藝術的發展，他們的角色有時是「守門人」有時是「監控者」。這其中文學因借助的是印刷媒介，看守

較為不易，也最易「地下化」（當然也有少數所謂的「地下電影」）。

(6)文學書寫的閱讀需透過知感兩方面的配合，其潛移默化力較強，延續力也較久，但因大眾受惑於物質性的傳播媒體，故若考慮將書寫形式轉換為其他藝術形式，將文字化為聽覺的語言，加入影像的空間展演中，應也可間接的提升大眾的知感能力。但聽覺的語言讓觀眾思維的時間不若書寫的文字方便，深刻度可能也不够，內容也有被簡化之虞。

(7)文學在未寫成文字前，實際上早已在創作者看不見的內心空間裏展演過。當它書寫成文字時，是「第一次媒介轉換」（感情思想的形象化以文字媒介出現），若將此文字再改以它種藝術形式於看得見或聽得見的空間裏展演時，則已是「第二次媒介轉換」了（文字改以形象聲音媒介出現）。每次轉換都可能有變形或增刪，這同時也顯示，文學書寫本身具有極佳的韌彈性，這是語言文字的優點也是缺點。

貳・文學書寫的媒介轉換

文學書寫形式轉換成其他藝術，或借助不同的電子媒介代為傳播時，多是將文字轉換成形象和聲音兩種。聲音中包括語言，有的會與書寫形式重疊，如小說對白、電影劇本、舞臺劇本、朗讀等等。多數並不重疊，而是以文學作品內容本身爲素材，配合不同空間展演形式的材料、手段、和需要而予以改編、轉換。如果我們先考察一下文學書寫形式對其他藝術形式的影響，也許會有助於我們對媒介轉換的可能，稍作讓步和寬容。比如以電影與文學的關係爲例，早期電影導演格里菲斯（D. W. Griffith）、普多夫金（Pudovkin）、愛森斯坦（S. Eisenstein）等對電影技巧的實驗中之所以有重大發現，其實大多與他們豐富的文學修養有關。他們都認爲電影所運用的最基本方法和文學創作的方法有相通之處。

> 對詩人或作家而言，個別的字就像未加工的原料一樣，這些個別的字皆各有其廣泛多重的意思，等到他們分別在句子中有了位置之後，其意思才開始變得確定，然後再固定成有秩序的藝術形式……對電影導演而言，拍好的電影其每一個鏡頭就像詩人所運用的每一個字一樣，功能是相同的。[20]

---

[20] 這是俄國導演普多夫金（Pudovkin）講的話，引自劉森堯《導演與電影》，頁三七，志文出版社，民七十九年一月。

這也就是布烈松（R. Bresson）所說：「影像就像字典裏的字一樣，只有在彼此的關係中才有力量。」「電影不是以影像來表現，而是以影像與影像之間的關係來表現。」[21]而格里菲斯承認他的「交叉剪接」（cross-cutting）手法（在一個故事中兩宗或多宗平行事件進行時來回穿插的技巧）是從狄更斯的小說學來的，他的電影名作「偏見的故事」則是從惠特曼的詩篇〈自我之歌〉（Song of myself）學習到「統馭意象」（ruling image）的技巧（草的意象消失了再蔓延，蔓延了再消失，一而再以不同方式反覆重現），即使他做得並沒有惠特曼那麼好、那麼成功[22]。而蒙太奇（montage）論的主倡者愛森斯坦則更認爲電影無法脫離文學，研究文學技巧正是電影導演必要的準備工作。他說蒙太奇的技巧（A鏡頭加B鏡頭的連接，並不在於產生A加B的效果，而在於表現既非A亦非B，而是C的觀念，例如他的「罷工」一片中連接勞工被鎭壓的鏡頭與牛隻被屠殺的鏡頭，卽是表現極權的殘暴性這個觀念[23]）在文學上到處可見，他曾舉出莫泊桑的小說〈好朋友〉、達文西關於「大洪水」的繪畫手記、普希金的詩、濟慈的詩、米爾頓的《失樂園》第六卷等等許多的例子，來強調並說明他所言不虛[24]。此處我們可以引普希金一首詩中描寫彼德大帝

---

[21] 同[17]，頁九五。

[22] 同[20]，頁四〇。

[23] 佐藤忠男，《電影的奧秘》（廖祥雄譯），頁一六，志文出版社，民七十八年十月。

[24] 同[20]，頁四六～五三。

的部分內容，來說明他如何因注意文學書寫的細節表現，而發展出他在電影空間展演上的藝術效果：

> 接著一聲昂揚／傳來彼德嘹亮的聲音：／「武裝起來！神佑我們！」從帳蓬裏，／在眾臣的簇擁下／彼得出現了。他的雙眼／閃閃有光，其模樣駭人，／其動作迅速。雍容大度，他／以種種姿態，顯露其神性，／引著坐騎，他離去了，／這坐騎勇猛、馴服，而且忠實。㉕

愛森斯坦便認爲這首詩在電影中便可以引用爲「間接開場」的技巧，詩中不馬上呈現彼得大帝，而是先讓他說話，先呈現昂揚的一聲、然後是這聲音嘹亮的性質、再緩緩辨認這是誰的聲音、最後等彼得大帝出現後，才知那麼嘹亮昂揚的一聲是誰所發出的。這種間接開場的技巧常是一部電影好的開場，如「教父」「男歡女愛」等片的開場都使用此法㉖。可見得愛氏所說文學和電影的關係並非瑣碎或象徵性，而是有系統且有決定性的這一說法也並非無

㉕ 同⑳，頁四九。

㉖ 同㉕。

的放矢。

由此可見，古往今來的文學書寫的作品其實累積的財富，比起空間展演的藝術如電影戲劇來說，不知要多上多少倍，如能像愛森斯坦這樣仔細且重視書寫形式可能隱含的表現手法，則對空間展演的藝術本身恐怕深具開發性和啟示性吧。底下以**表四**將二者轉換的可能先行列出，並僅就臺灣文學在這些轉移過程中的一些發展作摘要式的回顧。

●表四：

文學書寫
- 小說
  - 影視（電影、電視，包括電影錄影帶、MTV）
  - 舞臺劇
  - 廣播劇
  - 漫畫（包括卡通影片、電腦動畫磁碟片）
- 戲劇
  - 電影
  - 舞臺劇
  - 廣播劇
- 新詩
  - 朗誦
  - 舞臺表演（包括詩劇）
  - 繪畫雕塑（包括視覺詩）
  - 歌曲

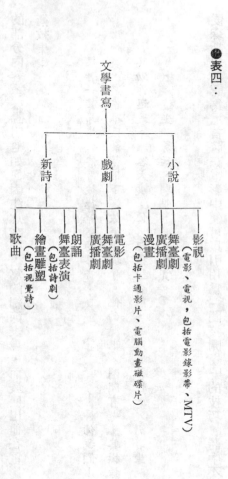

一・小說的媒介轉換

小說作品大概是文學中最常被轉換爲其他藝術形式的，尤其是轉換成電影。據說搜集小說作品便是好萊塢各大製片廠的基本工作，每年他們請人閱讀過的小說多達一萬部到一萬五千部之多㉗。西方國家將小說改編電影的多得不計其數㉘。我國早期的影壇，改編小說成電影的風氣並不盛，從一九二四到一九四八年也不過二十部，一年不到一部，其中鴛鴦蝴蝶派的作家張恨水就佔了十部㉙。國府遷臺後，前十餘年間只有八本小說搬上銀幕，一直到一九六五年接連有瓊瑤的《婉君表妹》、《啞女情深》（李行導演），《菟絲花》（張良澤導演），《煙雨濛濛》（王引導演）等四部小說搬上銀幕後，小說改編成電影的風潮才形成。一直到一九八三年瓊瑤的《昨夜之燈》上演，她的作品總共拍成了四十九部電影，而同期間臺灣將小說拍成電影的片數共九十三部，瓊瑤的作品占了一半以上㉚。再以前面二十屆金馬獎爲

㉗ K. Mac Gowan, *Behind the Screen*（《細說電影》，曾西霸譯，志文出版社，民七十七年九月）第二十三章。

㉘ 可參看李幼新編著《名著名片》一書目錄，志文出版社，民七十九年三月。

㉙ 梁良，〈中國文藝電影與當代小說〉，《文訊》第二十六期，頁二五七，民七十五年十月。及第二十七期，頁二六六，民七十五年十二月。

㉚ 同㉙。

例，曾獲獎的改編作品中取材自現代小說的有三十七部，瓊瑤作品就有十一部獲獎㉛。一九八三年前的臺灣影壇名副其實地成了「瓊瑤時代」。也是一九八三年起，她的作品不再拍成電影，而改向電視發展，迄今電視的「瓊瑤時代」持續走紅中，尚未有結束的跡象。也是一九八三年，臺灣的文學電影有了重要的轉折，朱天文的短篇故事〈小畢的故事〉經改編成電影上演，賣座出奇的好，此後短短四年間就拍了四十幾部小說改編的電影，如朱天文的《冬冬的假期》、《最想念的季節》、黃春明《兒子的大玩偶》（三個短篇小說拍成了三段式）、《看海的日子》、《我愛瑪莉》、《沙喲娜啦．再見》，鍾玲《大輪迴》，王禎和《嫁妝一牛車》、《美人圖》、《玫瑰玫瑰我愛你》，司馬中原《失去監獄的囚犯》（改名「出外人」及「蠻牛的兒子」），白先勇〈金大班的最後一夜〉、〈玉卿嫂〉、〈孤戀花〉、《孽子》，李昂的《殺夫》、《暗夜》，廖輝英《油蔴菜籽》、《不歸路》，以及楊青矗、子于、小赫、黃凡、蕭颯、七等生……等人的小說作品㉜，形成了所謂「臺灣新電影」的風潮（若根據詹宏志的說法，則「新電影」應再早一年，由「光陰的故事」一片開始㉝，但它並非小說改編）。

㉛ 蔡國榮，〈從金馬獎看文學電影何去何從〉，《文訊》第十五期，頁一一〇，民七十三年十二月。

㉜ 同㉙。

㉝ 小野，〈新電影中的文學特質〉，《文訊》第十五期，頁八二，民七十三年十二月。

而小說作者改行當編劇（如小野、吳念眞），或原作者參與編劇的也蔚爲風氣。原作者若未參與改編的電影作品似乎都會與小說家的原意有很大的出入。

以白先勇的短篇小說〈玉卿嫂〉爲例，編寫成電影劇本先後有四個版本：一是「陳白本」（白先勇與陳耀圻合編）、二是「但本」（但漢章改編）、三是「孫白本」（孫正國與白先勇合編）、四是張本（張毅編）。「陳白本」胎死腹中，「但本」連編劇本人也不熱中，而白先勇本人似乎對「孫白本」情有獨鍾。然而電影公司最後卻選擇了白先勇本人頗不滿意的「張本」。

> 「張本」與「孫白本」的結構設計、人物塑造、觀點運用、主題詮釋頗有出入，因此拍攝出來的「玉卿嫂」，與「孫白本」當初的構想當然也就迥然不同了。劇本是電影的靈魂，決定電影的風格。也許有一天，有機會重拍「玉卿嫂」，採用「孫白本」，可能會產生出一個風貌迥異的「玉卿嫂」來。[34]

---

[34] 白先勇，〈玉卿嫂改編電影劇本的歷程與構思〉，《文訊》第十五期，頁九七，民七十三年十二月。

這個「張本」在馬森與白先勇的眼中都是「美則美矣，而失之於冷」「長處是典雅精緻，短處是欠缺激情」「不曾進入玉卿嫂的內心世界」㉟，在影評家黃建業的眼中也說「對玉卿嫂有明顯詮釋上的差異」，但小說與電影各有優點：

白先勇強調熾熱的慾情，張毅強調這種慾情受約制於社會道德規範，在掌握自己命運上，前者主動，後者較被動，在視野上前者洞悉人的悲情，後者則以同情角度眷戀受壓抑的慾望，兩者各擅勝場。也見出電影版的詮釋有其另一些層次的開發。㊱

而黃建業也認為「玉卿嫂」電影版本的優越處是精緻考究，從佈景、器物、構圖、燈光、鏡頭移動以至於人物言談風貌，都不斷努力烘托出一份極為雅緻的歷史感，掌握的重點不在小說的情節，而是「企圖以同樣精細的映象去回應白先勇那種金雕玉鏤、玲瓏剔透的白語文字風格」㊲。小野也說導演在此處的若干創造性並非來自小說：

㉟馬森，《電影・中國・夢》，頁二三七，時報文化出版公司，民七十九年四月。

㊱黃建業，〈期待文學電影開花結果〉，《文訊》第十五期，頁七六，民七十三年十二月。

㊲同㊱。

張毅在「玉卿嫂」裏面將玉卿嫂的許多非常刻意的、細緻的化妝動作、拔頭髮、剝龍眼殼、搓湯圓、放風箏，一再的象徵了每一次不同心境的轉折，對於性的暗示也都是漸進而收斂的，這就是它本身電影的文學性，而非由於白先勇的小說。㊳

因此我們不難看出文學與電影兩種媒介在轉換時，因形式之不同，文學作品的意義必然也跟著改變。一般小說所重視的人物描寫或情節轉換到電影中已並非絕對重要的元素，反而由於映象必須透過燈光、色彩、構圖，和器物等的安排，其複雜性常超出原作者文字的描寫之上。加上蒙太奇剪輯的曖昧含義、敍事結構的多元化等等技巧的成熟運用，更使得電影即使是採用小說改編，電影本身要求藝術的獨立自主已越來越受到重視：

所謂忠於原著的拍攝方法，絕對不是按著作品的情節拍攝便可達成，因為更重要的在忠於小說的精神風格，這種誠懇的詮釋態度，必定需要審愼的映象再創

㊳同㉝。

> 造過程才會得到美好的結果。這就是為什麼好萊塢改編海明威小說往往照本宣科終至淪為三流通俗劇的主要原因，詮釋就是以誠懇的基礎再創造，只有如此電影與文學才眞正能互相沖激結合，迸裂出交互的火花。㊴

「誠懇的詮釋態度」「審愼的再創造」「相互衝激，迸裂火花」，應不只是小說轉換成電影才如此，其他的媒介轉換也可借鏡。而「相互衝激，迸裂火花」更值得重視，文學有文學的書寫特質（語言的稠密性、精簡性、深刻化、多義性、人物的刻畫、對白、內心思維的描述……。是由敍述組成內心形象。是經由想像而漸次呈現的），電影有電影的空間展演特質（各種鏡頭的變化運用、時空的壓縮變化、具象物體的隱喩性、音效畫面的設計渲染、剪輯技巧造成結構上的曖昧……。是由影像組合成敍述。是經由視覺立卽呈現的），若能相互容忍相互激發，則在媒介轉換時當不致於再將電影當作小說的「配圖者」，而是將原著當作原始材料，由電影藝術獨自形成的角度來作考慮。

至於將小說搬上電視的情況似乎比電影要糟些。電視劇因經常性演出的關係，拍攝的成本和製作的嚴謹度、以及一些非文學藝術的原因，長久以來成績似乎都遠不如電影，即使電

㊴ 同㊱。

視劇的瓊瑤也不例外。但隨著電子媒體科技的進步、攝影技巧的學習、歐美劇港劇技術的刺激，乃至於政治、經濟方面的進步開放等多項因素下，臺灣電視的品味才有機會緩慢的提升中，過去小說作品改編成電視劇即意味著「慘不忍睹」的狀況，如今也有了改善。比如最近（一九九二年三月）臺視將陳映真、司馬中原、林雙不、宋澤萊、黃有德等多人的小說作品以「作家系列」的電視劇推出，首月播出的「嘯阿義．聖阿珠」即獲得相當好評。可見得大眾的口味並非不可改變，就像前述的瓊瑤的「三廳電影」轉折至「新電影」以致造成風潮一樣，重要的還在於對電影或電視媒體藝術本身的掌握是否成熟和獨到，這才是原著改編能否成功的關鍵。但據傳此項「作家系列」的製作單位因堅持部分作品應以純閩南語發音，與臺視節目部產生衝突，而決定先行退出㊵。由此也可看出，強勢電子媒介與文學藝術間常會有不容易妥協之處。

小說改編成舞臺劇的例子在臺灣並不多見，部分原因或許是劇作家創作時，皆以能在大小舞臺演出爲其目的，其所需的成本差幅巨大，排演形式也比電影容易掌握，劇本的創作當然比電影的劇本要自由太多，也容易付諸實行，其劇本內容原創性自然容易，改編自小說的

㊵《聯合報》，民八十一年四月二日的「文化廣場」採訪文。

需求便大幅降低。幾十年來創作出的劇本姑且不以質論，在量上並不算少數㊶，但改編自小說的例子非常少見。即以一九八〇年至一九八四年由姚一葦推動的實驗劇展爲例，五屆劇展中，演出三十六齣劇目，僅有三齣改編自小說，分別是改編自康芸薇同名的小說〈凡人〉、王禎和小說〈嫁妝一牛車〉、白先勇小說〈金大班的最後一夜〉，另外兩部改自西洋經典戲劇名作，其餘都是原創的劇本，這也間接促成了其後臺灣劇壇編導人材的產生。其他臺灣小說曾被改編成戲劇，在大大小小劇場演出過的，還有黃春明的小說〈魚〉、王禎和的〈春姨〉、朱西寧的〈橋〉、叢甦的〈車站〉、陳若曦的〈女友艾芬〉（以上於一九七九年）㊷、王藍的〈藍與黑〉（一九八五）、白先勇的〈遊園驚夢〉（一九八二）、張系國的〈棋王〉（一九八七）。後兩者被形容爲「聲光皆俱」的大型舞臺劇，推出時轟動國內，但爭議頗多，有的說它們「受到紐約百老匯商業劇場直接影響」。「『遊園驚夢』採取多媒體的形式，以電影穿插在舞臺演員的表演之間，爲國內首見。……『棋王』則是模仿美國的『音樂歌舞劇』，它的演出聲勢浩大，號稱耗資兩千萬，集合了百餘工作人員，當紅的影歌星擔任男女主角……」

㊶ 焦桐，〈光復後臺灣戲劇書目〉，《文訊》第三十二期（民七十六年十月）、第三十三期（民七十六年十二月）、第三十四期（民七十七年二月）。另參考《中華現代文學大系戲劇卷》黃美序所寫之序文（九歌出版社，民七十八年五月）。

㊷ 陳玲玲，〈我們曾經一同走走看〉，《文訊》第三十一期，頁九八，民七十六年八月。

「在商業和宣傳上確是相當成功的，至少掀起了數次舞臺劇的熱潮，吸引了大批的觀眾走進劇場。」㊸有的評論家則質疑看「棋王」的觀眾是「赤裸無助，且渴望被強暴的」㊹，而另有評論家則對白先勇〈遊園驚夢〉改編成舞臺劇的反應則是：

> 〈遊園驚夢〉改編舞臺劇以後，運用多媒體的舞臺設計，將文學、音樂、舞蹈、崑曲、平劇、幻燈、電影、音響效果、字畫藝術等等溶於一臺，使原著中典雅的東方文學創作與現代小說中意識流的運用技巧，透過現代舞臺劇處理手法的移裝凝縮，典俗交揉，沉俏並馳，兼具一種含蓄與奔放的美。演出可說相當成功。
>
> 話劇在對白中，用這樣多的「獨白」「和聲」，用這樣多的戲曲雜藝；用得這樣貼切，舞臺效果出乎人意外的好，在國內無疑是一次成功的嘗試，一種突破與提昇。㊺

㊸ 馬森，《中國現代戲劇的兩度西潮》，頁二八三，文化生活新知出版社，民八十年七月。
㊹ 鍾明德，《在後現代主義的雜音中》，頁一四九，書林出版社，民七十八年七月。
㊺ 舒坦，《電影與文學》，頁一八一，臺揚出版社，民八十一年二月。

但又說「這種盛況有點樣板，有點貴族化，在形式上過分誇張，在內容上過分偏於古典的寫實主義。……而後半場結構的鬆散，不僅沉默，催眠都有餘了」㊻。相信這樣的評語絕不會被用於原著作上。可見得電影與戲劇之所以會改編自小說，部分原因是借重小說作家的知名度、以及內容取材的現成。然而小說的知名度對改編的媒介藝術常常造成壓力，觀眾對改編的藝術本身常有過高的期許，此種期待是來自對原作品完美性的延續。但電影和戲劇等綜合藝術的製作難度和複雜性，顯然比文學作品高出許多，完美和嚴謹恐也較難達成，因此媒介轉換的可能性才常常遭受質疑。

小說被改編成漫畫（包括靜態的印刷媒介、動態的卡通影片，和與電腦結合的電腦動畫等）是近些年媒體轉換的另一可能動向。雖然目前尚未應用於現代小說上，但改編自古典小說、推理小說、科幻小說、和武俠小說已經起步，未來發展似可留意。西方小說的例子可以近來在臺灣電視上盛極一時的「清秀佳人」為例，它先後以改編成電影和改畫成卡通出現在螢光幕上，受到大人小孩的歡迎。多數臺灣的觀眾都是先看了電視才去找原著來看，譯本三四種，都暢銷一時。顯然媒介轉換後對原文學作品常有促銷作用。比較奇特的是電腦動畫也慢慢進

㊻ 同㊺。

入媒介轉換的一環。比如古典《三國志》等小說在電玩上的轉換就相當引人注目。它的廣告竟是：

> 三國志的命運掌握在你的手中，西元二世紀後半，東漢正值末年，各路英雄豪傑紛紛竄起，野心勃勃地為自己開創一片新天地，從此揭櫫起一個漫天烽火的三國時代。當曹操或其他三國羣雄從歷史舞臺重新復出，躍上電腦螢幕時，悲天憫人的您，必須趕快回到這充滿俠士和勇氣的時代，和羣雄一同逐鹿中原，為中國的千秋大業，馳騁沙場。在三國志Ⅱ中，你可以用武力摧毀敵人，也可以用懷柔的策略收服敵人，用全力去經營您自己的屬地並爭取利益、結盟、廣結奧援，以便鞏固自己的地盤，運用各項戰術及謀略，對您的敵人作最致命的攻擊。現在58個郡國，355個人物等著您去運籌帷幄，收復天下。只有您才能決定中國的命運！[47]

這種手法已非電影電視的「身歷聲境」，而是「身歷幻境」，玩電玩者竟也參與了小說人

---

[47] 見「三國志Ⅱ」磁碟片廣告。

物勝負的創作（雖然仍在電腦的監控下），未來如果電玩的製作者也將現代小說的情節搬入其中，則就不能不說是媒介轉換的一大刺激。而這幾年逐漸流行的「動感戲院」，也是先進電腦的高度運用，現已在中影文化城、臺影文化城等地出現，因參與者有親臨幻境之感，其對大眾的磁引作用不可謂不鉅，不過觀賞者尚未能改變影片上的情節。但一九九二年二月四日由英國倫敦公開發表的「紅分裂模擬器」（Rediffusion simulation），則已可使人在不必操作的情況下，「在幻境圖象中往自己想奔往的任一方向奔馳」㊽，此項技術若未來再繼續發展下去，對上述任何一種媒體工具，恐怕都會再起革命性的變化，屆時所謂媒介轉換又會步入另一新的境地吧。幸好這樣的日子還相當遠，也幸好製作開發這樣的技術都貴得嚇人，對文學作品的閱讀人口當不致於造成更窒息性的壓力。

二・戲劇的媒介轉換

在西方戲劇藝術的演進史上，雖然有不少人主張劇場中，只有演員是非有不可的，「戲劇的進展來自影像的連貫、語言、手勢、自由的舞臺表演，這些都比文字重要，而文字只是

㊽《中時晚報》，民八十一年三月三十一日第九版〈親歷電玩的幻境〉一文。

鮮活影像的輔佐而已」[49]，但承襲亞里斯多德「悲劇之效果不通過演出與演員亦可能獲得」[50]的觀念者恐怕更多，因此劇本創作在戲劇上始終未受到忽視。「西方人看戲，看的是誰寫的戲更重於看誰演的戲。而且西方的劇作，始終即爲正統文學的主要組成部分」[51]中國現代劇場旣「源起於西方戲劇的翻譯、改編和仿作，而後來才慢慢走上創作之途。」而且「時至今天，很少劇作家能完全脫離西方大師們的影響，而創出我們自己的『舞臺劇』。這種影響最易見的是形式上的模仿」[52]，因此對劇本的重視可能更重於演員及其他劇場因素（本來由劇本的書寫形式再空間展演於舞臺上，才是此項創作整體的完成）。但不少創作家則將舞臺演出視作短暫的，因此認爲劇本始終有其獨立的生命：

> 不管我們的劇場的形式如何變化，眞正感人的偉大劇作非但在劇場中仍會有它的重要性，並且能獨立以文學的形態存在；它會比舞臺上的演出更容易流傳廣

---

[49] 同[17]所引書，頁一三四。

[50] 亞里斯多德，《詩學》，頁六九（姚一葦譯注），中華書局，民七十五年十二月。

[51] 同[43]，頁一一〇。

[52] 《中華現代文學大系戲劇卷》黃美序之序文，頁四，九歌出版社，民七十八年五月。

遠。相信努力奮鬪的劇作家和他們的作品，會在人類的眼前和記憶中繼續活著的。[53]

此種單就劇本的文學內涵而言時，被稱作「戲劇文學」(dramatic literature)，而當它涉及製作演出時，它被稱爲戲劇藝術(dramatic arts)[54]，前者屬於劇作家，後者屬於演員與導演等。

戲劇在舞臺演出時，除了語言外，也涉及了非文字的聲音、燈光、舞蹈、繪畫、道具、音樂、動作、舞臺變化、佈景更換……等的運用，尤其科技之發展使得這些舞臺上的中間媒介更富詭譎變化。這種種媒介轉換的無窮變幻，演出時是連續的，反應也是立即的，顯然比文學書寫本身更爲迷人，這也是八〇年代小劇場能蓬勃發展的原因之一，從南到北成立了數十個劇團。然而戲劇的空間展演卻沒有電影來得容易保存，一齣戲雖然在演員與觀眾間存著多重的、繁複的交流，他們的關係是互動的，不可能重複，但幕落時舞臺的媒介效果便告結束，很難加以完全記錄，即使記錄也是失眞的。影片卻可一看再看，不會消失，而且效果沒有任何損失。因此現代戲劇之能流傳，竟然只能以劇本的書寫形式出現，這一點與傳統戲劇

---

[53] 同[52]。

[54] 閻振瀛，〈戲劇與文學〉，《文訊》第三十一期，頁八，民七十六年八月。

的注重演員（比如梅蘭芳、顧正秋、郭小莊）有極大差異。此即所謂東西方劇場的最大差異，在於「演員劇場和作家劇場的不同」55。

本世紀初，我國從沒有劇本的所謂的「文明戲」到有劇本的「話劇」，自始即受此「作家劇場」的影響，因此從曹禺、郭沫若、田漢等的劇本開始，到三、四〇年代五〇年代的傳統話劇，到六、七〇年代姚一葦、張曉風、黃美序、馬森等人的一系列劇作，無不以劇本爲整齣戲的重心。據統計從一九四九年開始到一九八六年止的劇本創作（不包括電視劇本）共有三百六十一本已經出版，一九五九年達到高峯，一九七三年後明顯走入下坡。不單是電視電影拉走了觀眾，同時也拉走了劇本的創作者和其他的舞臺藝術家：

尤其是電視，它的需要量極大，對編劇技術上和藝術上的要求也較低，因為影、視媒體由於剪輯技術上的方便，使編劇者不必像寫舞臺劇那樣去「限制」時、空的轉換，可以「隨興」而寫。結果是許多寫慣了影、視劇本的作者都無意或無力再為舞臺苦苦耕耘了。演員、導演也多以電影、電視為職業或事業上

55 同43，頁一〇八。

的目標。再加上影、視有很好的酬勞，有一定的金錢可拿，還可能有機會在報紙的「影劇版」上大出風頭，名利雙收。但是除了極少數的例外，為舞臺工作非但無名、無利，有時還得自己賠錢。[56]

沒有觀眾沒有舞臺技術者沒有劇作家，當然就更談不上媒介轉換的可能了。幸好從實驗劇展後（見上節）的八〇年代末期，更爲年輕也更具創造活力的金士傑、李國修、賴聲川，乃至於劉靜敏、陳玉慧等的投入戲劇行列，才不致於使現代劇奄奄一息。他們這羣戲劇工作者雖然受到西方反文學性戲劇的影響，有部分作品採取集體即興創作，但在上演前仍會漸漸形成可用以依據演出的完整劇作，也就是正式演出前必有一個寫定的本子[57]。不過這種劇作的書寫形式顯然與傳統劇作有所不同，它是創作與排演同時進行的，而且非個人獨立完成。因此也可說它的文學書寫與空間展演有部分過程是相互影響相互轉換的，直到完整爲止，正式演出後文學書寫形式即完全固定下來，其後展演的內容便不會因演員的不同而遭更改。這也是近年來產量最豐票房紀錄最高的賴聲川大部分作品的來源，如已單行本發印的有《那一夜，我

---

[56] 同[52]。

[57] 同[43]，頁二〇三。

們說相聲》（一九八六）、《暗戀桃花源》（一九八六）、《圓環物語》（一九八七）等。但譬如「環墟劇場」演出「被繩子欺騙的慾望」，在臺北臺南兩地表演的內容竟完全不同，採取的是即興表演，品質控制也有爭議，此時媒介轉換只是意念與劇場的關係，並無文學書寫形式存在：

> 八〇年代的演出很多，但寫成的劇本相形之下卻沒有那麼多。主要的原因，一方面固然因為有些演出的內容不值得寫成劇本，但更大的原因則是西方反文學劇本的潮流使我們的青年人不再看重劇作的重要性了。其實，對西方當代劇場而言，他們反文學性劇本並無不可，因為他們早就有一個長遠而深厚的「文學劇場」或「作家劇作」的傳統，無論他們怎麼反，都不會把這個傳統推翻，反倒可以取他山之石——東方之「演員劇場」的長處——來補自己之短。我們本來就是一個「演員劇場」的傳統，所欠缺的正是其中的文學性，如果今天我們也一意地反文學性劇作，卻無寧是排拒了借他山之石以攻錯的作法。[58]

---

[58] 同[48]，頁三〇四。

顯而易見的，文學書寫的劇本自始至終都是戲劇在媒介轉換時最重要的依據，其書寫內容在轉換時受到尊重的程度雖不一定百分之百，但也絕非其他的文學形式如小說或詩所可比擬。至於戲劇由舞臺搬上電影在西方頗為普遍，如莎士比亞的戲劇著作被轉換成電影至少有「羅密歐與茱麗葉」（即《殉情記》）「夜半鐘聲」（根據《亨利四世》、《亨利五世》、《理查二世》、《溫莎的風流婦人》等劇本改編）「王子復仇記」（即《哈姆雷特》）「凱撒大帝」「馬克白」「奧塞羅」「馴悍記」……等等[59]。而被改頭換面的則有日本黑澤明的電影「蜘蛛巢城」、臺灣吳興國的古裝平劇「慾望城國」。而其實電影創始之初的表現，就與劇場相似，由攝影機將戲劇動作一成不變的錄影下來，直到攝影機被格里菲斯移動以後，電影與戲劇才有明顯的分野。而在中國因電影與戲劇的起步發展較晚，都在二〇年代左右，這之間的相互轉換較無淵源，迄今由劇本轉換成電影的也是極少數，如曹禺的《日出》、王生善的《大地驚雷》[60]等是。

三・新詩的媒介轉換

---

[59] 同[28]。

[60] 同[31]。

詩是文學中最精簡的表現形式，它可能媒介轉換的花樣也比小說戲劇來得繁複。它早期多直接以朗誦的方式傳播，於是有詩朗誦的形成，甚至有專爲朗誦用的朗誦詩創作。有一陣子曾與戲劇結合成詩劇，之後以夥同音樂結合成歌的形式展演，稍後又與海報、繪畫、雕塑等結合展出，乃至以多媒體形式在舞臺上表演展現……等等，無非顯示出詩語言本身的彈性和出奇的想像特質。這其間影響層面最廣的應是詩以音樂爲媒介成爲歌曲，使之幾乎成爲大眾文化的一環。早期徐志摩的〈偶然〉、〈海韻〉，趙元任的〈教我如何不想她〉，都是先有詩才有歌，新詩在發展的前幾十年眞正譜入歌曲的仍是少數。

五〇年代早期，現代詩崛起於臺灣文壇。紀弦力倡以散文為詩，亟言詩是詩，歌是歌，不可相混。在他掀起的潮流下，新詩藉自由詩的過渡向現代詩突進，無論在主題或形式上，發展都很銳猛。格律詩一時之間被沖得七零八落，取而代之的是所謂自由詩，其中匠心獨運的不少，但是自由其名而散漫其實，尤其是不成腔調的，當然更多百倍。詩而忽略節奏，不成腔調，甚至難以卒讀，與歌的緣分自然日遠。[61]

---

[61] 余光中，〈詩魂歌魄不解緣〉，《聯合文學》第八十一期，頁六九，民八十年八月。

一直要到一九七五年楊弦出版《中國現代民歌集》，將余光中的〈鄉愁四韻〉等詩譜成所謂「校園民歌」，詩才找到一條與民眾溝通的管道，楊弦也是促使新詩與流行歌曲「結褵」的創始者[62]。

而自從有人發現新詩也可以乘著音波旅行，騎電磁波輻射後，臺灣詩人們的聲音才開始從其孤獨國盪漾出來，由後院傳向前廳，在孤島和讀書之間搭起了民歌的纜車，乃至連續劇流行歌曲的柏油路面。從楊弦的「鄉愁四韻」開始，到「巴黎機場」「一代佳人」的主題曲，詩人似乎找到了發聲的媒介，於是我們才看到了連水淼的「迴」不斷在李恕權的身軀裏發顫，陳克華「臺北的天空」在王芷蕾張望的眼神裏起霧，以及鄭愁予「錯誤」的馬蹄迷失在李泰祥的鬍子裏。雖然有人說歌詞並不一定等於新詩，但詩人們似乎開始相信，稿紙之外，大眾傳播竟然也有新詩發芽的園地。[63]

---

[62] 翁嘉銘，〈詩的兄弟，文學的家族〉，《聯合文學》第八十二期，頁八一，民八十年八月。

[63] 白靈，《給夢一把梯子》，頁二〇八，五四書局，民七十八年四月。

從李泰祥到羅大佑，再到夏宇（即童大龍、李恪弟、李廢）、陳克華，詩人已開始主動提筆寫歌詞，詩乃進入主動進攻媒體的年代。但這種媒介轉換必須要在音韻、節奏和字數上與音樂稍作妥協，余光中即說：「迄今我的詩經人譜曲者，大約將近四十首，幾乎沒有例外，全是分段的格律詩」[64]，絕大部分的新詩既不講究格律，當然都很難或根本無法作這種轉換。許許多多名歌手在出版唱片專輯時也會主動邀請作家爲他們寫歌詞，如黃鶯鶯、李壽全等是。

> 異鄉的旅店，失眠的清晨，遠方悠悠響起火車的汽笛。沉寂的冬夜，晚醉乍醒之際，冷月下風鈴聲淒淒。微雨的城市，塞車的黃昏，風裏斷續傳來熟悉的旋律。搬家的前夕，惆悵的情緒，孤獨翻閱著零散發黃的日記。[65]
>
> （〈八又二分之一〉）

這是小說家吳念眞爲李壽全「八又二分之一」專輯寫的詞，詩意來自文字拼貼式的蒙太奇意象，顯然是受了詩與電影雙重的影響。而近年不少流行歌曲在歌詞上也學習新詩的意象技

---

64 同61。

65 同62。

巧，顯然與民歌的受歡迎有重大關聯。

在過去，詩絕大多數都在印刷媒介中寂寞地渡過，只有少數被轉換成聲音朗誦，只有更少數以歌曲的音樂媒介傳遞。然而詩人是不甘寂寞的，因此一二十年前，也有人嘗試過詩劇的編寫創作，希望有朝一日也能在空間展演。這些詩劇比如商禽的「門或者天空」（一九六五），洛夫的〈水仙之走〉（一九七五）、〈劇場天使〉（一九六五），辛鬱的〈僵局〉（一九七二），葉維廉的〈何謂美〉、〈走路的藝術〉（一九七〇）、〈死亡的魔咒和頌歌〉（一九七四），楊牧的〈林沖夜奔〉、〈吳鳳〉（一九七九），大荒的〈雷峯塔〉（一九七四）[66]，以及周鼎先後發表的〈一具空空的白〉、〈該死的貝克特〉、〈嫦娥〉、〈稻草人〉、〈莊周的鬍子〉、〈詩人墓園〉等六首[67]……等。只有少數作品，如大荒、葉維廉、楊牧、周鼎等的作品曾在舞臺上零星展演過，其中大荒的〈雷峯塔〉則曾在國父紀念館盛大公演，然而受到一般戲劇和媒體的壓抑、衝擊，並未能凸顯。近十年來，新詩由於透過宣傳媒體的配合，透過詩與繪畫、詩與音樂、詩與舞臺的多種媒介轉換下，才使詩的活動逐漸活潑和多元化起來。比較重要的活動如「詩人畫家藝術上街展」（一九八二，詩＋畫＋生活＋實物＋朗誦）、「中

---

[66] 張漢良，《現代詩論衡》，幼獅文化公司，頁六七，民七十年二月。

[67] 周鼎，《一具空空的白》第二輯，創世紀詩社，民八十年十月。

義視覺詩聯展」（一九八四，以畫或文字的圖象展現詩）、「一九八五中國現代詩季」（詩＋畫＋多媒體表演）、兩屆「詩的聲光」（一九八六、一九八七，多媒體表演）、「貧窮詩劇場」（一九八七，詩的個人表演）、「因爲風的緣故」（一九八八，歌曲＋表演）、「『詩與新環境』藝術展」（一九九一，繪畫＋雕塑＋朗誦＋表演）。這些活動的意念和諸多變化樣式可以筆者在〈詩與聲光〉一文中的兩段話加以說明：

> 詩可以說是所有藝術文學的發動機，它不見得是看得見的語言文字，而經常是一種氣質。它要呈現的常是想讓世界多出一件什麼來，或是把整個世界原有的秩序轉換、重排；讓我們可以從新的角度來重估原有的事物。也因此，好的小說像史詩，好的戲劇是詩劇，好的散文像詩，好的音樂像詩，好的繪畫像詩，甚至，好的歌詞像詩，好的廣告詞也要像詩。詩好像成了這些互異的表現媒體後面共同的「心臟」，它輸送的好像是一種不變的又善變的什麼血液，一種氣質似摸不著看不見的東西。要了解這樣的東西，似乎直接從詩中去了解比較容易。而也似乎唯有先掌握了它，才容易在所有藝術文學中呈現出好的創作來。很多人好像都忘了，我們古典的小說家戲曲家可個個都是詩人啊。

這社會，很多人喜歡聲光，「有理由」不喜歡藝術文學，更別說更不易揣摩的詩了。於是我們有必要派詩去打頭陣，派詩到聲光裏去（這是取法乎上），讓短小精悍的它與聲光盡情「廝磨」，因此詩有必要寫入廣告、詩有必要寫成歌曲、詩有必要跳上舞臺，將來更應該讓詩進入我們小說家和編劇羣的對話裏去。我們應該把詩「注射」到衆多的大衆媒體中，注射到聲光中，讓聲光有機會與詩等高。讓易變的聲光也能閃爍些不易變的東西。讓聲光有機會閃爍著詩。[68]

這一系列的活動中以「詩的聲光」引起的反應較爲激烈。它也是對傳統朗誦形式的反叛和變革，它只將詩當作一項素材，希望透過各種媒介，包括燈光、幻燈、錄影、繪畫、服裝、音效、相聲、默劇、武術、動作、表情、舞蹈、舞臺、詩劇……等不同的手段和形式，將詩的文學書寫完全轉換爲立即的視覺與聽覺的感受。它與傳統朗誦最大的差別在於：⑴文雅、說教的詩不用，儘可能口語化生活化幽默化；⑵它的目的不是朗誦，而是表演，因此必

---

[68] 同[63]，頁二三〇。

須充分利用舞臺；⑶在不傷害原作精神下，對詩可行再創作，有時不得不作小幅調整；⑷注重演員個人創造力的展現，齊誦的場合非常少用；⑸使用多媒體展現一首詩時，不在詮釋詩，而在引申詩的言外之意，使之儘可能產生多義性，因此即使原詩不怎麼高明，也無妨引用。這些實驗引起的回響不小，此點可由這幾年來各大專院校、國高中學生紛紛學習仿效可以看出。這些活動也造就出了趙天福、李曉明等詩的表演者，使表演人不再是詩的詮釋者或附屬者，而是詩的再創造者。這些活動也透過錄影在各地播放，已使得臺灣詩朗誦漸漸走向更具創意的方向。

另外值得一提的是，在上述「詩與新環境」藝術展中，因是由十餘位詩人提供詩作品交予畫家（如莊普）、雕塑家（如楊柏林），由他們再按個人體會，轉換成造形藝術，如繪畫、雕塑、空間佈置等，嘗試性似與過去詩人自己作媒介轉換不同（如「視覺詩」展）。但卻也碰到與萊辛相同的問題：詩是時間性的、繪畫是空間性的，前者表現相繼排列的事物，後者表現並列的事物[69]。因此造形藝術只能選擇最令人心動的一刻來呈現，詩則可以直接呈現行動的演變過程。在此項展覽中，多數畫家都很難把一首詩整體地轉換成功，大多只能轉換詩的

---

[69] 同[13]。

一部分，甚至只是一句詩的意象。這種轉換似乎比「因畫作詩」還難展現。在過去有人曾將韋應物的四句詩「悽悽去親愛，泛泛入煙霧。歸棹洛陽人，殘鐘廣陵樹（底下還有四句）」細分成六個鏡頭，前兩句只用一個鏡頭，第三句兩個鏡頭，第四句則要三個鏡頭⑳，這是電影的處理手法，新詩要轉換爲繪畫，並不一定能引用。畫家要注意的可能是詩的主題和意境，詩的長短並不能決定繪畫的內容，而且拿捏上若透過詩人與畫家的討論，或更清晰。至於如何才是轉換的成功，也許永遠是值得爭辯的議題。

叄‧媒介轉換與文學書寫的展望

「少了『文字』戲劇已無生命
只有『聲音』書刊命運有別」

這是最近某報「文化廣場」上的大標題，內容分別訪問已七十歲的戲劇學者姚一葦及不足四

---

⑳ 林年同，《中國電影美學》，頁五三，允晨文化公司，民八十年十月。

十歲的趨勢觀察者詹宏志。年輕的表示「有聲書、漫畫、錄影書及組合出版品是未來出版的趨勢」，如美國一九九〇年有聲書銷路即高達五億美元，以文學類、企管類、自助類最受歡迎；日本也早已進入「非文字世紀」，如新潮社的「文藝錄音帶——聽的名作」於一九九一年上半年，銷售量每種皆超過百萬卡；NHK的文藝有聲系列「日曜名作講座」「朗讀的時間」「文藝圖書館」等，單種平均銷售量也突破兩百萬卡。而年老的則感喟「後現代主義狂流淹沒了戲劇的本質」，與他一生講究劇本的語言運用，融入文學、詩的特質等主張大相逕庭，「近年來全世界受到後現代主義影響，追求反戲劇的戲劇，創作展演毫無規律可言，文字和語言以表彰反體制精神爲主，沒有生命力了。」[71]然而感喟歸感喟，的確「非文字時代」已經走近，而文學有聲書勢將在臺灣未來的市場走俏。文學一向以文字書寫印刷的形式存在，但未來如只有更少數的讀者樂意接受，而多數的大眾依然得每天都沉浸在詹明信（F. Jameson）所謂「工業化的語言」中：

> 在不斷大眾化的社會，有了報紙，語言也不斷標準化，便出現了工業化城市中

---

[71]《聯合報》，民八十一年四月一日第二十九版「文化廣場」採訪文。

日常語言的貶值。農民曾經有過很豐富的語言，傳統的貴族語言也是很豐富的，進入了工業化城市之後，語言不再是有機的、活躍而富有生命的，語言也可以成批地生產，就像機器一樣，出現了工業化語言。因此那些寫晦澀、艱深的詩的詩人其實是在試圖改變這種貶了值的語言，力圖恢復語言早已失去了的活力。……我們不可能用語言來表達任何屬於我們自己的感情，充斥的只不過是一堆語言垃圾。我們自以為在思維，在表達，其實只不過是模仿那些早已被我們接受了的思維和語言。[72]

那麼若能倚靠文學性的「有聲書」去淨化、燃燒他們的「語言垃圾」，則有聲書的出現和逐步大眾化，不也是文學界另一項「福音」？說不定會有更多人回過頭來，願意爲文學的書寫工作、媒體轉換工作而努力。至於有聲書是否不能深刻化，此處只能暫存不論。新媒介的產生對舊媒介會有壓抑性，但卻也逼使舊的媒介自尋出路，扮演新的角色[73]。傳統文學書寫形式在電子媒介大量發明和普及後，不論對書寫的定義或媒介轉換形式上都有

---

[72] 詹明信，《後現代主義與文化理論》(唐小兵譯)，頁一八八，合志文化公司，民七十九年一月。

[73] 同[19]，頁九七。

了新的變革，這些轉變當然與時代的脈搏和各個國家的政經社會制度習習相關。在較落後的國家，文學以文字印刷受到普遍的重視，但也會改變。而在書寫被競相媒介轉換的進步社會中，文學工作者的書寫特性也受到不同程度的衝擊。底下我們可以分幾點來說明這兩者於今後發展時可能的一些特性：

一・書寫工具由一元而多元

「書寫」二字的涵意已由傳統一元的「文字」形式進入凡有「語言」（廣義的）處皆是書寫。「現在我們用照片寫日記」[74]、「這是攝影機鋼筆論的時代，它逐漸走向書寫的表達方式，成爲一種書寫的媒介，就像文字一樣，具有柔性和精巧的特質」[75]，乃至於音樂語言、戲劇語言、繪畫語言、口述語言……等都已被視爲「書寫」的一部分。只要是能形象化書寫、對現實觀照、溝通思想、傳達觀念、表現情感的工具——幾乎能產生符號的——幾乎都被認爲是一項「書寫工具」。這也是年輕一代想從「文字的災難」裏脫逃的最佳理由。

---

[74] 爲電視「Konica」膠卷廣告詞。

[75] 同[20]，頁五五。

二・文學範圍由統一而分歧

既然書寫工具由平面的書寫形式逐漸被立體起來，則文學本身的範圍也由狹窄的純文學轉而向外擴大。有的認爲文學應「用很細的類型去分割」，每一類型都有它豐富的天地，「每個人都有機會做『推理小說』『武俠小說』『歷史小說』的大家」76，有的則以爲「不同的文學類型，在文化創造的環境裏，在立足點的平等地位是應被肯定的」77，有的更認爲「今天的 MTV（音樂錄影帶）就是一個 text，它很可能將來就必須納入文學的範圍，我們必須用文學的態度來討論它，以文學的策略來閱讀它」78，「文學進入大眾傳播工具後，就不應該叫做純文學了，而要改爲傳播文學、廣告文學、電視文學，加了一個帽子上去後，也就是把這種文學做了另一種界定」79。過去只把純文學（小說、詩、戲劇、散文）當作「嚴肅文學」，而未來任何一種新界定後的文學都可能被視爲嚴肅的。

76 周浩正、陳斌，〈富裕生活下文學的發展〉，《幼獅文藝》第四一七期，頁二七，民七十七年九月。
77 「文學良心與市場流行」討論會，《文訊》第二十六期，頁七一，民七十五年十月。
78 同77。
79 「當代文學問題討論會之四」，《文訊》第三十一期，頁二〇六，民七十六年八月。

三・媒介形式由單純而繁複

文學書寫被迫由單純的印刷形式走向繁複的媒介轉換是時勢所趨，很難靠個人力量加以扭轉。由於電子媒介及其他科技發明的日益進展，人們能夠掌握的工具、技術、和複製能力日趨優越，過去想像力所及之處，文學書寫不一定能轉換過去，但未來經由超大級電腦的發展，「沒有什麼藝術創作不能複製」「可以完全不經過梵谷的痛苦和掙扎，便複製出一樣的作品」[80]。相同的，文學書寫的內容也可能經由類似發展，尋著意想不到的、更加完美完整的媒介轉換形式。而讀者參與其中，加進創作的過程，未來勢必受到重視。

四・媒介轉換由劣質而優質化

近年「有聲書」的出現，被界定在：不只「說」書，而是「演」出來，是要「讓純文學著作起死回生」；比如近日出版的有聲書「穿針」，即包含書寫、繪畫、戲劇、音樂等各方面人才的結合，「是一部沒有影像的電影」[81]，亦即將之認定爲綜合的空間展演。未來這種

---

[80] 李永萍，〈談現代劇場的反文學傾向〉，《幼獅文藝》第四五四期，頁四五，民八十年十月。

[81] 《聯合報》，民八十年三月十九日第二十版「文化廣場」採訪文。

「集體式」、較爲嚴謹的製作態度，遲早會在文學市場蔓延開來。而文學書寫經由電視電影、以及其他藝術轉換後的空間展演形式，在多年的媒介經驗後，大眾的品味已日益提高，這也是資訊發達的必然結果。因此未來由劣質轉向優質化，也是勢之所趨。

五·轉換方向由單向而雙向

「電影借重於小說之處多，小說借重於電影之處少」[82]，在過去是如此，未來可能因創作者接觸電影的機會比接觸小說要多也來得早，對其創作理念，電影的影響可能勝過小說。「在三歲以前，還沒有能夠學習建立運用傳統語言體系時，便已經開始與這種機器語言發生了密切的關係。這對中國人未來的『思考模式』、『表達方法』及『美感活動』，必定會產生重大的影響。」[83]「將來很多小說的手法，會受到MTV的影響，如敍述手法、創作過程等。……我們未嘗不可經由它而脫離寫實主義的信仰，走出新的路來。」[84]由此可見，這種媒介與書寫間的相互影響，也由單向轉而雙向發展了。

[82] 同[35]，頁八一。
[83] 羅青，《錄影詩學》，頁二六五，書林出版公司，民七十六年六月。
[84] 同[77]。

肆・結語

這已是瀕臨二十世紀的頂峯了，再過去幾年，就是一個全新的二十一世紀。沒有人能準確地預測未來的時代將往何處飛去，也沒有人能預測文學書寫的印刷形式將遭遇如何的命運，而經由媒介轉換後又將會止於何種境地？一九五八年的國際筆會就曾討論過「科學時代的想像文學」的議題。當然是眾說紛紜，不同聲音此起彼落，有的說「小夜曲的時代已經過去」，有的說未來需要「原子的詩人」，有的則氣凝神定：「我們不要像獵犬般地去追逐由工業製造出的電動兔子」[85]。問題是，資訊時代製造出的並不是單純電動的兔子，它製造出的是面貌繁複、充滿各種媒介可能的智慧精靈，而且不只一隻，並以無比磁力掌握了多數人的心靈。文學書寫處在這樣的時代，當然可以安如泰山、處變不驚，因為其內涵，不論深度和廣度，都不是其他媒介內容可以取代的。然而包括電影在內，也宣佈它的語言是全新的，與文字功能相當的一種書寫形式。所謂書寫，甚至所謂文學的定義內容都受到了挑釁。面對

---

[85] 兪建章、葉舒憲，《符號：語言與藝術》，頁三三六，久大文化公司，民七十九年五月。

這樣的分歧和可能變化，我們似乎不宜站在純文學的本位，否認「有聲書」是「書」的一種，只因爲它完全不使用文字。那麼再往前推，則未來「錄影書」出現時，又將把文學分割成何種面貌？倒過來說，那些已存在或未來將出現的活動影像，又是如何改變我們與現實，乃至與想像之間的關係？「影像工藝是如何悄悄在我們理性世界底下埋置地雷的？」[86]所有這些現象和挑戰，恐怕都不是守住文學的象牙塔就可以抵擋的。那麼包括聲音與影像的空間展演，似乎也就有可能被納入文學思考的範圍了。

---

[86] 同[18]，頁一三〇。

藝術頑童冷眼看

——試論羅青的新詩

零

「吃西瓜的方法」有六種，看羅青的方法也有六種，曰：新詩的羅青、繪畫的羅青、散文的羅青、評論的羅青、教書的羅青，以及，說話的羅青。後三種是嚴肅的羅青，正襟危坐，有板有眼，一絲不苟。前三種則是活潑的羅青，點子多，招數怪，手法新穎，是多臂的捕手、藝術的頑童。而三種藝術中以散文的羅青產量最少，繪畫的羅青雖是他最初的心願，但眞正進入狀況比詩稍晚，現仍在建立自己的體系當中，雖然開過多次畫展，但毀譽參半，尚無定論。倒是自從「不小心」當了新詩的羅青後，卻反而爲他博得不少掌聲；其崛起和成名在戰後新生代詩人當中算是最早的一位，也是甚具特殊風格的一位。

新詩，可說是羅青的起點。因此「看」羅青的方法雖有六種，仍以第一種最為好看，也最宜細看。

壹

詩人作品的分量與「質」和「量」均有關，而「質」當然要比「量」重要得多。但由一個詩人的「量」上至少可觀察出他的「創作火力」，至於射程遠近，是否命中目標，則屬於「質」的範圍。火力旺盛，命中的機率自然稍爲大些。

羅青可說是創作火力相當旺盛的詩人，他自民國五十七年開始寫詩，先後已出版的詩集有：《吃西瓜的方法》（民六十一年）、《神州豪俠傳》（民六十四年）、《捉賊記》（民六十六年）、《水稻之歌》（民七十年）、《不明飛行物來了》（詩畫集，民七十三年）等五册，約每三年出版一本。另有《隱形藝術家》（民六十七年）一册則爲與攝影家董敏的攝影作品合集，收有三十一首詩，其中較完整的〈試管成人〉收入《水》集，〈聽泉記〉收入《捉》集中，〈燃燈人〉、〈升〉、〈試〉、〈盜夢賊小傳〉、〈皮帶和路〉等五首收入《不》集中，故暫存而不論。綜觀他十六年來所發表並已集結成册的詩，已超過三百首，未出版而已發表或正待發表的詩尚兩冊有餘，產量較之前行代與中間代詩人，眞是不遑多讓。據聞他有一年最多曾寫詩六十首（一般人大約二、三十首），著實驚人。他詩集出版的方式也與他人不同，自稱出的是「詩譜」：

> 一本詩集，在整體上，有脈絡組織的計畫，有起伏照顧的韻律，就叫詩譜。……「詩集」和「詩譜」並無高低優劣之分……因為決定好壞的，是在於其中所收錄的詩。但，既然要編詩集，還是編得有計畫有起伏，才好。❶

編詩集竟然也成了他寫詩的延續，要「有計畫有起伏才好」。也因此不難發現他的詩集除了《吃》集集中在前四年，《神》集集中在大學畢業後五年寫的外，其餘前後年序均相隔甚遠，最遠還有相距十五年的（如《不》集，見表一），看似散漫，其實頗為有心，這在詩集出版史上恐也是一奇。也因其創作量較大，故結集時大多按特定主題編纂，且一系列較具特色的組詩編作一卷且取為書名，如《吃》集的卷三卷四（二十二首）、《神》集卷三（二十首）、《提》集每首均為「××記」（六十首）、以及《不》集卷五（十二首）等。茲列出一表及一

---

❶ 羅青，《羅青散文集》，頁一三五，臺北，洪範書店，民六十五年。

圖，以略窺羅青創作火力的起伏及五本「詩譜」的寫作年序：

年序（民國）＼詩集（首數）	吃西瓜的方法	神州豪俠傳	捉賊記	水稻之歌	不明飛行物來了	小計
57	2					2
58	20		1	1		22
59	31		2		1	(41)34
60	15	6 (20)	9	2		(40)32
61		10	8	1	2	(28)21
62		(17) 3	9	2		(20)14
63		4	5	7	1	(23)17
64			4	7		11
65			3	9	5	17
66			2	5	1	8
67				9	2	11
68				9		9
69				8	9	17
70					17	17
71					7	7
72					16	16
73					2	2
未註年	(3)	(37)	(1)	(0)	(4)	(45)
總計	71	60	44	60	67	共302首

註：（　）在小計中表示將未註年的首數平均，然後加入該年的創作篇數中。如五十九年，確定為三十四首，（41）表示另七首為未註年之（平均）首數。

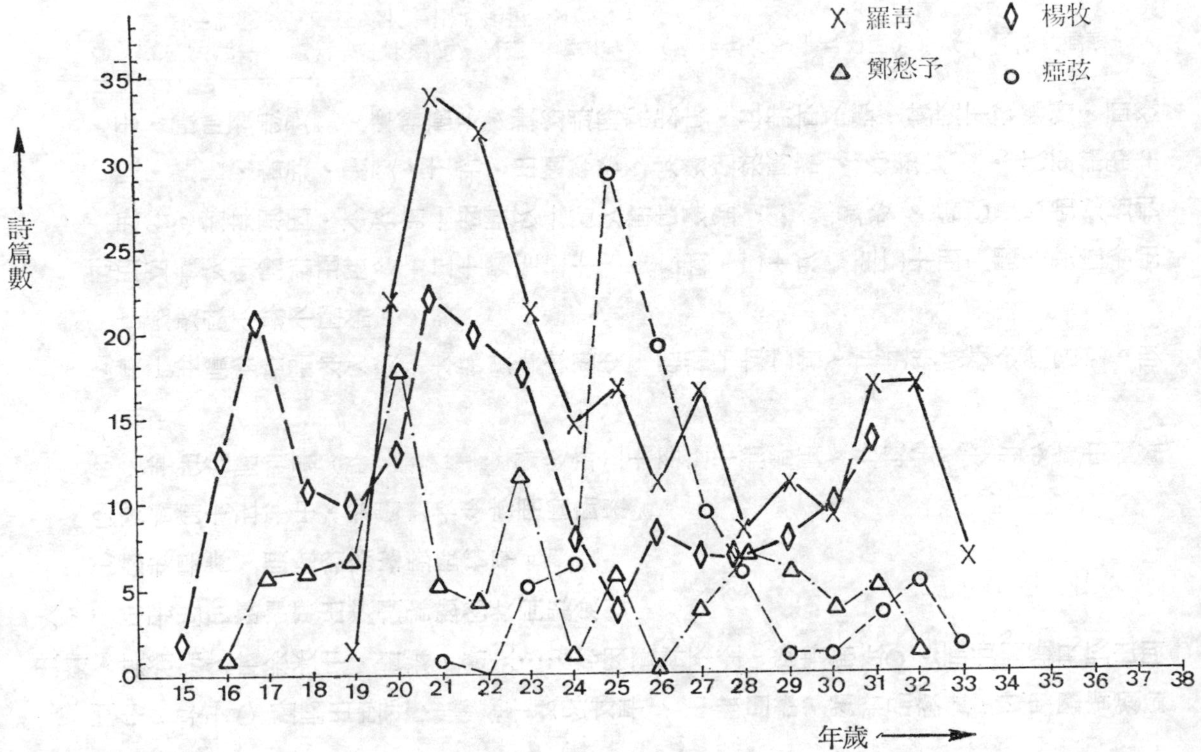
羅青
楊牧
鄭愁予
瘂弦
詩篇數
年歲
0
5
10
15
20
25
30
35
15 16 17 18 19 20 21 22 23 24 25 26 27 28 29 30 31 32 33 34 35 36 37 38

圖中（見上頁）僅列出瘂弦、鄭愁予及楊牧早、中期已結集的作品產量，以與羅青做個比較，其餘詩人如余光中、白萩、洛夫……等因資料不全，尚待補充❷。而此圖雖只列出四人，但似乎也可略略窺出幾點有趣的共同現象：

(1)起步早者，則創作高峯達到得早。

(2)寫詩前十五年中，除楊牧外少有兩個高峯者。

(3)一年的詩創作量（指實際結集者）最多在二十至三十餘首間。且即使量少也少有中斷情形。

(4)第一年創作作品收入第一本詩集者均極少，都僅一或二首，可見得初時多爲習作，即有發表均不得不割捨。

(5)四位詩人的創作旺期多在二十歲至二十七歲之間，二十八歲至三十四歲間多爲創作的低谷。揆其原因，不外前一時期乃一個人精力最盛、變端最多、信心最足的浪漫時期，讀書、當兵、戀愛、工作、出國等等。其後塵埃漸落、心境趨緩，乃至結婚生子，猶如野馬受羈，牽絆漸多，雖欲振卻常乏力，且稍有名聲，越發下筆謹愼，而終

❷《瘂弦詩集》爲七十年洪範版，《楊牧詩集Ⅰ》（一九五六～一九七四）爲六十九年洪範版，《鄭愁予詩選集》所引爲六十三年志文版。

至停筆者或即肇因於此。

而從上圖及上表，約可看出羅青的創作黃金時期（迄目前爲止）顯然是在前五年寫《吃西瓜的方法》、《神州豪俠傳》的時期，其後火力雖略有衰減，仍然不弱。但除了《不明飛行物來了》卷四爲近幾年較有系統的組詩外，顯已無最初兩本詩集的火力集中，且該組詩其實與繪畫的羅青關係較爲密切，此與其分心於繪畫及繪畫理論必然有極大關係。一個人要「面面」俱到，誠非易事。

貳

民國五十九年，羅青剛剛大學畢業，到虎尾服役，十二月，寫下他後來膾炙人口的詩作〈吃西瓜的六種方法〉，其中第六種沒有說，第五種則爲「西瓜的血統」：

沒人會誤認西瓜為隕石
西瓜星星，是完全不相干的
然我們卻不能否認地球是，星的一種

故而也就難以否認，西瓜具有
星星的血統
因為，西瓜和地球不止是有
父母子女的關係，而且還有
兄弟姊妹的感情——那感情
就好像月亮跟太陽太陽跟我們我們跟月亮的
一，樣

之後，民國六十年五月，羅青一個月當中一口氣寫了〈房子〉、〈盒子〉、〈報仇的手段〉、〈牀前的月亮〉、〈水手的月亮〉、〈三二九號的月亮〉等六首詩，即已寫完了《吃》集中全部七十一首作品。而也就在這一年，代表了中間一代詩人（民國三十年前後出生）特色的《龍族詩刊》創刊。第二年（民六十一年）二月及九月乃有關傑明在《中國時報》「人間」副刊發表震撼詩壇的〈中國現代詩的困境〉、〈中國現代詩的幻境〉兩篇文章❸。民六十二年

❸ 趙知悌，《文學，休走》，頁一三七，遠行出版社，民六十五年。

四月余光中即已撰寫了〈新現代詩的起點〉，評介羅青的〈吃西瓜的方法〉，發表於《幼獅文藝》二三二期：

> 羅青在臺灣詩壇的出現，多多少少象徵著六〇年代老現代詩的結束，和七〇年代新現代詩的開啟。在羅青的身上，我們多少看得出中國的現代詩如何運轉，如何改向，如何在主題和語言上起了蛻變。沒有宣言或論戰，羅青的革命是不流血的。這麼一陣無痛的分娩，似乎尚未引起詩壇普遍的注目，可是這件事情，或多或少，注定要改變六〇年代老現代詩的方法論，甚至本質。❹

同年七月，厚達三五四頁，由高信疆主編的《龍族評論專號》出版，對老現代詩提出前所未有的總檢討。同時間，唐文標發表了〈什麼時代什麼地方什麼人〉、〈僵斃的現代詩〉、〈詩的沒落〉等文章❺，對洛夫、余光中、周夢蝶、葉珊等大加撻伐，幾近刻薄地將

---

❹ 余光中，〈新現代詩的起點〉，《幼獅文藝》第二三二期，頁一一，民六十二年四月。

❺ 同❸，頁四六。該文另見唐文標《天國不是我們的》，聯經出版公司，民六十五年。

他們歸類爲什麼「氣體化」「液體化」「固體化」的詩人，造成了所謂「唐文標事件」❻，以及詩壇的一場混戰。而羅青《吃西瓜的方法》的全部作品卻早在這些「震撼」「檢討」「事件」「混戰」之前完成。

這段期間，戰後一代的青年詩人中，與羅青年齡相仿的蘇紹連也已寫完《茫茫集》的全部作品，蕭蕭則寫完他《舉目》詩集中的三分之一，沙穗、連水淼、張堃等合辦了《暴風雨》詩刊，汪啟疆在張默、管管主編的《水星》詩刊發表作品，年齡比他小四至九歲的陳黎、楊澤、陳家帶、德亮、陳義芝、渡也、向陽、苦苓、羅智成、趙衛民、林彧、劉克襄……等青年詩人大多才發表他們的處女作，或還是高中學生。他們之中的處女詩集，包括前述幾位在內，要遲至民國六十五年前後才出版❼。而那時，比羅青稍小的馮青卻還沒開始發表她的第一首詩❽。這羣在七〇年代上場的青年詩人，其初作也多具有特殊風格，但在形式和內涵上，多與上一代差去不甚遠。且與「創世紀」詩風相近者幾近半數，一方面承繼了「創世紀」詩思跳躍、題材深切、文法切斷、意象奇特的優點，卻也繼承了他們詞句晦澀、

---

❻ 同❸，頁一一九。

❼ 《茫茫集》出版於民國六十七年，《舉目》，民六十七年。

❽ 馮青於民國六十七年開始寫詩。

結構鬆懈、佳句多於佳篇的缺點❾。其餘詩人有的與「藍星」，有的與「笠」接近。有的則並不屬於什麼詩社，一方面因那時文藝活動較過去頻繁（如復興文藝營），一方面出版業日漸蓬勃，許多前輩詩人的詩集也開始普遍發行，影響所及，乃漸有可任意擷取各家之長，各宗所好，「轉益多師爲我師」的多元化趨勢。而羅青是他們之中較特殊，或者說較幸運的一位，出道不久，即能因其獨樹一幟的風格受到詩壇的重視而一舉成名，早在六十一年十月即已由幼獅書店出版了他的處女作《吃西瓜的方法》。

但也有人否認他是什麼「新現代詩的起點」，而說：

> 充其量，他也只是一個「中點」，不是終點，更非起點。他的一些開風氣之先的新花樣（如余光中所謂的「羅青式的結構」等），固然不少，優點繁多，但相對的，壞處也所在多有，俯拾皆是。借用他的詩題目喻說，吃西瓜之有方法，始於羅青；之有壞方法，亦始於羅青。❿

---

❾ 蕭蕭，《現代詩導讀》第三册，頁二〇，故鄉出版社，民六十八年。

❿ 陳啟佑，《渡也論新詩》，頁一一三，黎明文化公司，民七十二年。

既然承認他的確還有一些「開風氣之先」的新花樣，又說他「優點繁多」，則爭論是「起點」還是「中點」就無關重要了。

揆諸上述，當民國六十年前後，新詩正遭困境時，戰後一代的詩人們這時剛好多在二十歲左右，正擠到詩壇的臺下，仰望著坐在壇上的前輩們，等待向他們請教如何在新詩的句子裏站穩時，唐文標卻伸手抓走了麥克風，拉下詩壇高大的帷幕，對臺下的年輕詩人大喊：

年輕的一代，你們生在凌亂狀態的文學世界裏。在你們前面的作者們，他們懦弱、無能、沒有勇氣正視現實，……他們的作品也不配放在你們的眼前的，那麼只有靠你們自己的了。⑪

然而又是十幾年過去了，走在我們前面那些作者的作品並未完全消失，只是爭論的名序和位置又換了換，而且有的詩集還再版甚至十幾二十版。然而唐文標並非無的放矢毫無可取，他「苦口婆心」要年輕的詩人們「正視現實」，十餘年來至少得到了部分的重視和逐步

---

⑪同③，頁八八。

的實踐⓬。然而「正視現實」並非喊喊口號就能「正視」的。而早在關傑明、唐文標之前，也在人們圍住電視機瞪視著的同時，羅青卻出人意料的，用極其口語化、生活化、趣味化的手法寫下了那年代人類現實相當重要的一部分——征服月球。而那種題材對老現代詩人來說，能寫個一兩首懷月懷嫦娥懷親懷鄉或罵科技文明踩髒了中華神話的詩也許還可以，要他們放鬆「筋骨」寫上個十幾首，恐怕是難上加難。而羅青卻連續寫了〈蜜蜂的〉、〈弟弟的〉、〈手錶的〉、〈水手的〉、〈牀前的〉、〈太太的〉、〈盤子橘子的〉、〈工友老宋的〉、〈三二九號的〉、〈司機阿土的〉月亮等十餘首⓭，不但題目現代感十足，連內容也相當生活相當親切，比如〈司機阿土的月亮〉：

月亮，又停在
大擋風玻璃的右上角了
活像一張圓圓的「交通」標語
白白的，貼在那裏

⓬ 向陽，〈七十年代現代詩風潮試論〉，《文訊》第十二期，頁四七～七六。

⓭ 另有四首收入七十三年純文學版詩畫集《不明飛行物來了》中。

印著「保持距離以策安全」的一面
向外，車裏的人
誰也看不見

有人下車就有人上，雖是循環線
不過車裏的人，誰也弄不清起點和終點

收音機和電視機都說
有些人到月亮裏去了
不知道，他們會在月亮背後印些什麼
阿土一面揣測，一面——
握著方向盤的手，更加謹慎了起來
配合著顚簸滾轉的輪胎
配合著靜靜旋轉的地球

這首詩借人類登陸月球一事爲經，以「月亮」「交通標語」「方向盤」「輪胎」「地球」等相異事物爲緯，設法使之並聯互補，相互借喻，既寫現實，又超越現實，似寫短暫，實寫恆久，這是羅青最擅長經營的手法。而這系列詩正是羅青，也是那幾年詩壇上最好的詩作之一，而那時他正站在六、七〇年代強勁的風口上。

叁

羅青在題材的挖掘上與老一代詩人有相當大的分別，這也是他最大的特色之一。很多老詩人也都寫過各式各類的題材：愛情、親情、友情、生活、戰爭、歷史、回憶、懷鄉、鄉土、苦悶、夢的潛意識……等等。但不見得能全部囊括。而羅青很能放得開腦力，盡可能容納各類的題材，可約略粗分爲下列幾個範圍（某些也許重疊），並舉出一二例：

(1)愛情的：睡神、慕情、戀愛報告書。

(2)生活的：炒菜該放多少鹽、兩個孩子恰恰好。

(3)讀書的：就是大專聯考沒有錯、讀不下書的時候。

(4)風景的：玉山引、橫貫公路。

(5)都市的：早起打呵欠時所見、夜班、試管成人、囚人日記。
(6)鄉土的：水稻之歌、農歌。
(7)政治的：故土故土、大字報、北征、返鄉計畫、愛情煙幕。
(8)歷史的：一篇沒有來得及寫的流浪記、四十年、蒼蠅族。
(9)武俠的：獨門暗器、李陵劍。
(10)諷刺的：辣椒書生、江湖含恨客、來吧！否定我。
(11)哲思的：茶杯定理、手拿掃把、苦茶記、蘋果記。
(12)理趣的：吃西瓜的六種方法、柿子的綜合研究、隱形記。
(13)幽默的：酒瓶椰子發展史、你早就知道、打蒼蠅記、流水記。
(14)詠物的：蒼蠅、甲蟲、蚊子、螞蟻、路燈演義。
(15)科幻的：不明飛行物來了、幽漫之夜。

上述的分類當然不是很好，但約略可看出他在拓寬題材上的「開風氣之先」。而姑不論詩寫得好壞，題材的拓廣本身對每一位詩人來說都是很大的挑戰，魯格思（F.I. Lucas）在〈詩的進化〉一文中說：

> 一百年前華茲華斯就預想到一種科學的新詩，但至今我們還是沒有。我想那原由，一部分是因為詩雖能跟著科學與發明走，但不大跟得上——她老是掉在後面……總要等到人類的聯想力在那裏有相當的深度……。⑭

怎樣才是有深度的聯想力？這倒值得深思。而羅青卻似乎沒有落在科學與發明的後面太遠，他已試著追索「幽浮」（UFO）去了，並推測這些幽浮早在古代就已從他們的星球出發了：

> 從周秦漢唐飛來
> 從殷商夏禹唐虞黃帝時代
> 從遙遠遙遠的太古神話之中
> 飛來飛來
> 飛到我們的眼前
> 飛到我們

---

⑭徐志摩主編，《新月選集》（文學評論卷）（王蘇譯），頁二一四。

目瞪口呆的
存在之前
（〈幽浮之夜〉）

這首詩語言稀鬆，但頗貼切。而這組詩（〈不明飛行物來了〉）整個結構並不若〈月亮月亮〉完整，像〈拜月族〉編入稍嫌牽強，〈花如紅燭星似螢〉、〈即將誕生的地球〉寫得並不成功；整體效果或可醒人耳目，但較〈月亮月亮〉十二首〈神州豪俠傳〉二十首，相差甚遠。不過這些題材經羅青一開發後，倒成了今後詩人可以涉足的「幻境」。

也可以這麼說，羅青之前的新詩題材像是鋪石子的馬路，顛簸難行，馳騁困難，完全靠各人才氣，卻常常摔倒在自家門前。羅青之後則像是鋪了柏油，讓新詩有各種可能。這只是以他來界分，並不意味別人會受他影響，而且新詩那時剛好面臨「困境」，詩人們全體終於有了醒悟（並非因爲羅青，而可能是起因於關、唐兩位和時代背景的變換），便試著開開汽車而不再騎腳踏車，而羅青在青年詩人羣中剛好開了第一輛，便告訴後面的人說：「嗯，還可以用」，也因此在這之前大概也不會有渡也的〈王維的石油化學工業〉〈盆栽研究〉等詩出現⑮。

---

⑮ 渡也，〈王維的石油化學工業〉，《創世紀》第六十二期，頁一〇七。

肆

於語言方面，羅青用的是大量口語化、生活化，輕鬆得像是順手拈來的語言，擬人擬物等比喻手法更是常用。也不太避諱成語、俗語，甚至通俗武俠小說中的用語。節奏明快，毫無窒礙，這點在《神》集末卷最易見出。比如：

　李將軍！陵
有種，你出來

（〈李陵劍〉）

嘿，你想仔細聽聽那雪落的聲音嗎
　那就聽我緩緩向你的步履吧

（〈天仇報〉）

　我側腰抽劍，順影砍去，刹！的一聲
但見利刃沒入的地方，是我腐朽的宮門

（〈千里追蹤客〉）

「口語化」幾乎已成了詩壇的趨勢，如何控制得宜，要靠個人努力。像葉維廉底下這兩句過去大概也不會這麼寫：

客人來了，阿春，上菜
來來，試試我們自家醃製的乾魚和菜脯！

（葉維廉，〈暖暖礦區的夕暮〉）

原詩是好詩，但這兩句若不放回原來詩中，就幾無詩意。口語化的句子常常不宜句摘，它表現的是整段美的情景和動作，而常不是一句句美的文字。也因此，要找到羅青的佳篇恐怕要比找到他的佳句容易得多；他要求全體意象而非單句意象，只能全部看不宜拆卸看，這是老現代詩人較少見的。因此若想尋佳句而去讀羅青的詩恐怕要大失所望。然而他的語言有時也不免泛濫、任意驅使、對仗機械化，篇幅冗長超過內容需要⑯。有時則因過度仰賴對偶排比

---

⑯ 同⑩。

的句型，竟然會出現這樣的詩句：

譯月之眼
譯花之頰
燈夜之壁
燈雲之殿
眼閉
頰凋
壁裂
殿崩

（〈攝魂箋〉）

這樣的句子幾乎不像是羅青的，倒有點像賦格時期的葉維廉。

但他也不是沒有佳句，只是較少⓱，舉數例如下：

落日覆掌推倒眾山，驚醒烽火

（〈沒鏃箭〉）

而眼中的田啊，都被人用炸彈去播種
而心中的雲啊，卻被人用飛機來飛成

（〈亂世無名客〉）

刀客般，吹熄了一盞
搖曳在枯木尖的黃昏

（〈長春祠〉）

⓱ 此處所謂佳句，屬於較傳統式的看法。羅青則以爲佳句應有顯隱二種，傳統式認定的佳句是「顯式」的。羅青本人則偏好「隱式」的佳句。比如日本俳句詩人與謝蕪村的〈菜花〉一詩：「菜花，東邊是日，西邊是月」卽是「隱式」佳句的最佳例證（見羅著〈乾坤一菜花〉），此詩留予讀者想像的空間更爲空廣，但似也較難爲常人所欣賞。羅青接近「隱式」佳句的例子如：「讓我微血管般，了解你所有的秘密」（〈茶杯定理〉二），「去聽去聽，去聽海／如何細細把雲說出」（〈排雲〉），「一圍爐火／一口咬定我曾在冷冷的多夜／向世上所有的黑暗，講述過溫暖」（〈自白〉）等（以上均見《吃》集）。

弄得人家只好用手跟纜索聊天
用雙腳在甲板上輪流思想

（〈水手的月亮〉）

月亮發現他，頭戴鋼盔
扒在一顆小小的子彈上，睡著了

（〈329號的月亮〉）

羅青好用對偶句是有名的，不只是句與句的雙對，還包括上下句之間的相對，這是很好的實驗：

字彙隨著詞句，野草隨著森林
細節接著線索，沙石接著峯羣
懸疑連著意外，峭壁連著斷崖
逗點跟著逗點，星星跟著星星

（〈泥土的軼事二〉）

上四句與下四句相互借喻，使意義更形豐富，似斷實連，似連實斷，這是他較特殊的手法之一。另外較好的例子：

棘苔滿腮，山石憤怒的臉
緊閉雙唇，磚牆堅忍的臉

（〈臉〉）

其實早期的商禽（五十二年）也曾用過類似手法：

在眼中　有星星在霧裏
在耳中　有小河在雨裏

（商禽，〈樹中之樹〉，節錄）

余光中民國六十五年寫〈公無渡河〉也曾使用相近手法，但引用古詩相比對，效果極佳，其前半段：

公無渡河，一道鐵絲網在伸手
公竟渡河，一架望遠鏡在凝眸
墮河而死，一排子彈嘯過去
當奈公何，一叢蘆葦在搖頭

（〈公無渡河〉）

這也許是新詩可嘗試的形式之一。

羅青對於語言內在節奏的掌握可由〈捉賊記〉一詩中見出，中間的一段寫道：

乍明乍暗之間，似有小偷潛入
詩人刷的挺腰翻身，口中喊打，提筆便扔——
但見筆飛如矢——鏗然做聲，擊中一物
詩人箭步上前，探手抓來

堅冷渾圓，卻是鬧鐘

這五句唸起來一句比一句順暢，「挺腰翻身」以下連用十個四字語，且從頭至尾竟然合爲偶數句，毫無奇數句阻擋其間，節奏乃迅速挺進，完全按照情緒的逐步緊密上揚以達至高峯，而當抓住的並非小偸竟是「鬧鐘」時，讀者即自動戛地剎住，不免莞薾。而若無最末這一奇想，整段便歸於失敗。而光有抓住「鬧鐘」這一奇想，仍未必是好詩，只能說它「突梯滑稽」，是一種「緊張的弛緩」。羅青有見於此，乃在下一段安排這位驚魂甫定的詩人檢視門窗細查箱櫃，卻無所獲：

左清右點，方才恍然查知
失竊鬚髮數十把，亂夢十數堆
壯志十數頁，歲月數十年
而老鼠蚊蠅，依舊隱隱走動
大地旋轉如常，不問是非黑白
而書卷若無其事，依舊靜立一旁

星星垂查一切，欣然暗夜放光
在小偷偷詩人的時候
在詩人捉小偷的時候
在殘夜與黎明相互追逐的時候

其中「歲月數十年」使時間向未來延伸，「星星垂查一切」使空間向宇宙擴開，乃進入一寧靜放鬆的氣氛中。末三句「的時候」使整首詩節奏緩慢平穩下來，乃有一切復常之感。詩至此主題已完全托出（卻又隱而未宣）：原來所謂賊只是無形之賊，只是藏在鬍鬚隱暗的成長中，埋在亂夢的起伏中而已，原來只是時間而已！就算是抓住它，也只是一只奈何它不了的「鬧鐘」罷了，羅青卻假借詩人半夜捉賊這趣味性的情節半諧半諷地帶出。本來壯志未償塵中枉勞是人間最傷感不過的事，但落在羅青手中卻能以小喻大，娓娓道來，怨氣毫無，即使有淚也藏在笑中，這是同時代青年詩人中所少見的。

而他在這首詩中連用二十餘個四字語，如「筆飛如矢」「安靜如常」「旋轉如常」等等，至今在其他詩人的作品中極爲罕有，總以爲是俗詞俗語，而「形容詞是名詞的敵人」（叔本華語）正是他們信守的原則。一首詩若無一兩句警語是其他詩人所難以忍受的，「語不驚人死不休」，但在這首詩中卻找不到，若有意象也只是一連串的動作，並未佇以奇警的語言，怕的是以詞害意、想法受阻。如此重視想像的奇特，有意橫跨語言的阻礙，在同時代詩人中也不多見。而重視「詩想方法」正是羅青最大的特色⑱。由於拒絕語言的縲環穿過詩想的鼻孔，乃轉而向結構、節奏、想像、主題等發展，如此一來，必得強烈要求節奏明暢、結構嚴謹、平中見奇、有所寄托，否則必然癱瘓爲一堆無骨的肉堆。這就像學花拳繡腿無用，乃轉而先求內功的深厚，待內力十足之後，什麼十八般武藝，順手拈來必然揮洒自如，天馬行空，招招化於無形，若是兢兢固守於某派某學，則只是自限而已。

但寫詩畢竟不同於練武，「詩想方法」不見得就是「內功」，語言也未必是花拳繡腿。直至目前，「經驗的探索」與「語言的探索」仍然爲不少詩人視爲寫詩的兩大平行目標，然而羅青卻獨獨放開追索「精警語言」的羈絆，直追「詩想」的快馬而去，乃能縱躍自如，上空下地，形成他獨特的風格和特色。他的這一大優點正是五、六〇年代以迄目前許多詩人所欠缺或不足的。也因此，他的詩或可當得起「簡易」「平淡」「可喜」「幽默」「絕妙」等字眼，「深邃」或有，「艱深」則無。

⑱同❶，頁一三二。

詩本來是「精緻語言」的藝術，到了羅青手上卻成了「詩想方法」的藝術，其實最好還是兩者的融合。

伍

羅青的《吃西瓜的方法》本來有篇序文，寫於六十一年三月，但後來「因恐有畫蛇添足之譏」，未收入。其中提到他的某些詩觀：

> 結構、主題和節奏，對於詩，是缺一不可的。因為寫詩不單是一種精密計算的過程，也是一種小心設計的偶然。因為節奏幫助語言的調整，結構幫助主題的顯現，而主題是詩人的意旨——一首詩成詩的開始。⑲

其後，民國六十三年六月獲頒第一屆中國現代詩獎，發表了得獎獻辭〈鍛接的時代〉，

---

⑲ 同⑪，頁一三八。

其中提到「詩想方法」一詞：

語言只是詩人思考的工具，而「詩想方法」，才是決定詩語言及形式的要素。[20]

與這同時寫但稍後發表的〈草根宣言〉中也提到略似看法：

詩想是詩的語言和形式之先決條件，我們不迷信語言，也不忽視形式。因為只有詩想變，整個詩才會變。語言、意象、音樂、形式也都隨著變。任何在形式、音樂、意象、語言上單一求變的企圖，只能造成一時外貌的整容，但絕無法在本質上開創出新的局面。[21]

羅青的這些看法寫在《吃》集出版之後，證明了他是先實踐而獲得上述的認定。因此〈草根

[20] 同[1]，頁一一四。
[21] 同[18]。

宣言〉成了新詩史上頗具分量的一篇文獻。

一首詩的結構，也就是謀篇，本來就是極其重要的，但老現代詩對單獨意象的突出、精確、跳躍，和聯想切斷等技巧的重視，顯然遠甚於謀篇，也並非不重視，但終究不是第一位，乃隨緣而得，倚靠靈感機率，未能「小心設計」「精密計算」，以是渙散鬆懈、有句無篇遂成爲新詩最大的通病。迄今這還是新詩在求發展上無比重要的工作。而羅青對謀篇的重視，可能得助於他研習繪畫的心得。繪畫時第一步驟就是構圖，而整個畫面的諧合穩定和美感，是與想像、造境、色澤、線條起伏、筆觸淺深同時發生同時達成的，單一的求變和加強，只會造成偏頗，甚至畸型爲獨腳獸。羅青善於運用他的推理能力、想像和機智來謀篇，余光中在十二年前就已稱之爲「羅青式的結構」：

> 所謂羅氏結構，有時是前後對稱，而在交互反映的過程之中，不知不覺，完成了首尾換位；有時是左顧右盼，旁敲側擊，在迂迴行進的過程之中，漸入漸深，形成高潮，且呈現主題。「好一個安靜的所在」是換位式結構……「睡神」則是漸進式結構的例子。㉒

㉒ 同❹。

《吃》集中羅青最早期的一首詩〈許願〉，寫於五十七年三月，雖然寫景，但小巧活潑，結構上已可看出這種傾向，其後這種手法羅青一再運用，且樂此不疲。像三段中首尾兩段，本來一、三兩句短，至尾段卻成了二、四兩句短，且「玉指峯」與「娘娘廟」不僅上下，還前後都換了位，也許是「偶然」，但應曾經過「小心設計」，雖然像他某些詩篇一樣，也許「過巧」㉓：

玉指峯，徐徐的　　　　　　　　——玉指峯
畫著雲朵，逗著天色
娘娘廟，紅紅的　　　　　　　　——娘娘廟
躲著石階，纏著松色　（首段）

小巧的星星，在娘娘廟旁　　　　——娘娘廟

㉓時音，〈評介「吃西瓜的方法」〉，原載《現代學苑》第十卷第九期，民六十二年九月號。此處所引爲《幼獅文藝》第二四〇期所轉載，民六十二年十二月號。

耳墜般，搖幌著
晶瑩的露珠，在玉指峯間
指環般，閃爍著

——玉指峯（尾段）

其實羅青在謀篇上的成功，主要是運用內在結構與外在結構的相互配合：

一・內在結構

屬於內心的、抽象思考層次的。運用其精巧的推理辯證能力，配合知識、經驗、想像等，未下筆前已使詩想先成就一有機系統，能自圓其說，並有與眾不同的新發現新見解。如〈吃西瓜的方法〉、〈柿子的綜合研究〉、〈酒瓶椰子發展史〉等均是。未下筆，詩幾乎已完成大半。內在結構也可以說是對主題的一種靈視，但是全面性的。而羅青的靈視觀點經常以自我或一極平常事物開始，透過新奇詭異的聯想、省察、剖析、研究、推理等過程，乃至孩童天真的觀察手法，到後來卻又能將之推遠推廣，使與自然、宇宙產生某個層次的契合融合，最後又將之拉回原點來，使讀者宛如歷經一場「說書」、「三溫暖」或者「夢幻」的過程。但總不白讀，而有不同程度的收穫。因此使得他的詩感傷、悲憤者少，上揚、啟廸者多。也同時不容易找到很壞的詩，這與他不以「新奇意象」入手，而求整體「詩想」的有所展示，有很大關聯。

二・外在結構

屬於較固定的規範，像古詩的格律，可方便作者在有限範圍內施展才能，一如舞池之於跳舞者。而羅青則運用了：

㈠他自己發展的所謂「飛鳥體」，寫了〈月亮月亮〉組詩共十六首：

一首詩可分三段，首尾二段的行數並無嚴格的限制，為了配合詩情的需要，可做十行以內的出入……最低不可少於七行。至於首尾二段的行數，也必一定相同。……中段的兩行，則是固定的。或承或轉，或為首段之因，或為末段之源……運用變化就全在個人的興味了。[24]

---

[24] 同[1]，頁一三八。

例子可參見〈司機阿土的月亮〉等詩。而羅青所以名之爲「飛鳥體」，乃以中間兩行如鳥之本體，首尾二段如鳥之雙翼，「缺一，則無法奮飛」。可惜後來並未繼續實驗，乃無疾而終。此外他也寫了不少首雙行體，但也不是很成功，可見得新詩的形式（外在結構）要固定下來也非易事。

㈡在句法排列進行時運用了「修辭學」形式設計中的大量手法，比如對偶、排比、類疊、層遞、頂眞、錯綜、倒裝、跳脫等。這使他在謀篇時「有法寶可使用」，而且大多交錯使用、複合運用，經常抓住二至五個類似或對比意象，使之意意相轉㉕，因句生句因段生段，達到所謂「換位」或「漸進」的效果。頂眞和層遞的用法可見〈黑鷹的月亮〉、〈壺中山水〉、〈書房書房〉等詩。錯綜及跳脫則如下舉二例。其中「跳脫」比較屬於詩想的靈視，而非句法的排列可得：

有隕石落下

㉕比如第二節所舉〈西瓜的血統〉一例中的「西瓜」「隕石」「星星」「地球」，或此段所舉〈隕星之夜〉一例中的「隕石」「種子」「幽浮」「果實」「星球」等意象。而「星球」包括地球月球等在他詩中經常出現。

落似幽浮
有幽浮飛翔
飛似種子
在秋天落葉的時候

啊，所有的果實
都成熟飽滿似星球
都迅速跌落似隕石
而所有的種子
都以慢動作的方式
炸裂，緩緩的炸裂
緩緩的飛翔，四散飛翔
有如幽浮

（〈隕星之夜〉——錯綜用法）

你早就知道
在這世界上
你只不過是
普通的小石頭
不過，要命的是
後來你慢慢察覺
自己站的地方
竟有點像喜馬拉雅山聖母峯頂

（〈你早就知道〉——跳脫）

修辭學的這些手法在老現代詩人已經運用得很多。如「頂眞」「層遞」在商禽的〈逃亡的天空〉諸詩，以及周夢蝶、大荒、管管、張默等人的作品中均可見到。而「跳脫」則如夏菁的例子：

時間老去

只覺多少事情
落在掌紋之上
——卻在掌握之外

（〈卽景〉後半）

「跳脫」尤其是新詩謀篇中更値得注意的一種，明明快要寫死寫平了，一跳脫即有起死回生柳暗花明的妙用。嚴滄浪有所謂：「對句好可得，結句好難得」的說法，而且說：

發端忌作舉止，收拾貴在出場

「出場」二字指的是結局。毛先疏「詩辯坻」注說：前者「貴高渾」，後者「須超遠」㉖。當然，「超遠」、「跳脫」都是好的結局。

詩寫到末了，其實就應該好像走到懸崖邊，近前一看，腳下深淵萬丈，可讓人心驚，撼

㉖ 郭紹虞，《滄浪詩話校校釋》，頁一〇五，東昇出版社，民六十九年。

頭一望眼界四開，足令人心曠神怡。新詩要成功，這些方面仍須努力。

陸

一般論者以為，機智型的詩人很難找到他的師承關係㉗。但很難並不表示不可能，或者說沒有。羅青曾經自承愛讀早期詩人的作品，如聞一多、卞之琳、馮至、戴望舒、袁可嘉，晚近的則如紀弦、余光中、鄭愁予、楊牧、瘂弦、周夢蝶、黃用、方旗、詹冰、阮囊、商禽及白萩等的作品，西方則僅提過史蒂文斯（一八七九～一九五五）一人㉘，從這些名單上或可尋得一些蛛絲馬跡，雖然其影響可能有形也可能無形。其實新詩中的羅青倒有點像新詩的紀弦一樣不羈和天真，只是羅青比紀弦更真的「主知」罷了。而他與史蒂文斯的血緣可從《不》集的〈在空林中放一把椅子〉與史氏的〈瓶的軼事〉（余光中譯）看出：

我的畫

㉗ 蕭蕭，〈詩思的沉潛〉，《愛書人》旬刊一二二號，民六十八年十月二十一日。

㉘ 見一九七六年五月香港《詩風》雜誌，及《中興校刊》一九八一年春季號。

就像空林中
一把椅子
讓雜亂無章的風景
有了焦點

（〈在空林中放一把椅子〉）

我放一隻瓶子，在田納西
渾然而圓，在一座山上
瓶遂促使好零亂的荒野
圍拱那座山崗

（〈瓶的軼事〉第一段）

在早期《吃》集中也早有略似的傾向，如：

一個柿子
突然

自我零亂起伏的早餐桌上
冒出
對我，擺出了一幅
日出寒山外的姿勢

（〈柿子的綜合研究〉）

不管是「椅子」「柿子」或「瓶子」，在羅青的想法裏可能都成了「不明飛行物」，讓世界因其出現而「騷動」一陣子，而重新有了新的局面和秩序，「促使零亂的荒野，圍拱那座山崗」。如孔子之出現在春秋，李白杜甫在唐，蘇東坡在宋，乃至胡適在民初，余光中羅青之在現代，莫非如此。

「何來不明飛行物／看去無非你我他」，羅青曾在一次畫展上題了這一副對聯（另見於《不》集卷五的題解），故羅青以上述〈椅子〉一詩爲《不》集的序詩，實不無道理。

在早期的《吃》中另可找到一小段與前行代詩人的血緣關係，這裏僅存備考，仍需繼續「搜索」。如《吃》集中的〈聽風者〉有兩句：

還微笑，且不朽
且不朽而光榮的活在那風聲之中

與瘂弦〈深淵〉中的兩句略似：

哈利路亞！我仍活著
工作，散步，向壞人致敬，微笑和不朽

柒

民國六十年前後，當新詩正面臨龐大的困境時，羅青「幸運地」身逢其時，那時他剛剛大學畢業。卻以其輕鬆自然的語言、起伏有致的節奏、半諧半諷的幽默、嚴謹富變化的結構、奇特又幾近天眞的詩想，以及信心十足的觀察手法，很快地贏得詩壇人士的喝采（《吃》集出版兩年之間竟再版三次），這在臺灣現代詩史上除了鄭愁予、楊牧、林泠外，也不多見。尤其他的很多「新花樣」令人有一「新」現代詩之感，也因此，被譽爲戰後一代詩人的「起點」也不爲過。若說是詩史上的「中點」也無不可。羅青自承是「鍛接的一代」，熔鑄過去鍛接未來，也許還正是七、八〇年代詩人無可旁貸的責任呢。

然而「新詩的羅青」的黃金時期也許是在《吃西瓜的方法》、《神州豪俠傳》兩集時，其後在《捉賊記》、《水稻之歌》中表現也不差，雖也有若干平平之作，而至《不明飛行物來了》時因轉而醉心於繪事，乃漸有衰變、功力漸退之勢，如今繪畫語言與理論的探索倒成了他用力最多的地方。而繪畫畢竟不同於詩藝，「沉迷」其內則終身難以「解脫」，我們當然不希望從此「新詩的羅青」輸於「繪畫的羅青」。畫，需要專業，詩更需要專業，身兼數業或無不可，但同時成名家，似乎非中國現代詩人的習慣，但也說不定，或許就自羅青開始。

而他在詩藝上的一些成就，對年輕一代詩人來說，也許有一點特殊的啟示，那就是：他沒有上一代知識分子所背負的大小包袱，他是個藝術「頑童」，像是「腦後長有反骨」的小精靈，經常誘你走進他建構的世界，走著走著，轉身卻不見了他身影，這才發覺身置迷宮，迴旋盤繞，久久尋不到出口，而正焦急的時候，卻發現他就坐在迷宮之上，拊掌大笑；那種感覺是讓人既氣且恨，又悔又覺好笑，冷靜一想，卻反而欣賞他的機智和可愛，而這正是青年詩人一代應設法保有的赤純以及努力去靈活、去挖掘的創造力。而他對人生的一小段看法，也還值得並未飽受戰爭流亡之苦的戰後一代（以及緊跟著來的下一代）做個參考：

> 凡事要懂，深深的懂，但不要世故；要了解，實實在在的了解，但不要老成。懂得愈透，了解得愈深，就愈能平靜——平平靜靜反映出一切事物的原來面貌：或美或醜，或僞或眞。
>
> 要能反映，反映是重要的，然更重要的是能容納，一種過濾沉澱式的容納。[29]

即便如此，中國人百年來的苦難並不見得會在我們這一代或下一代結束，緊接而來的可能是更爲紊亂、繁雜，但也或許是更美好的世界，誰都不能預料；若不能容納、沉澱、過濾，有所取有所不取，則勢將爲自己的語言泡沫、思想垃圾，和利慾的廢渣所淹沒。做一個生長在此時此地的臺灣詩人，一個在臺灣的中國詩人，回顧過去，眺望未來，應有怎樣的自覺和醒悟呢？也許我們不應再背負著過去少數老一代詩人分門別派、老成世故、自大或自卑的心

---

[29] 李男，〈天空一樣的臉〉，《幼獅文藝》第二二四期，頁一四二，民六十年十月號。

態，以及酸澀或偏頗的思想包袱，但要向他們學習勤勞、奮鬪、毅力，和語言的精巧，智慧的深掘，以及提携後進不遺餘力的誠懇態度和入世的精神。

而迄今可以確定的一點是，自從戰後一代的羅青開始起跑後，新詩已經重新出發了，而且有好一陣子了。我們期待還有更多的接繼者在八、九〇年代接踵而來，爲新詩添油加水，將新詩推向完美！

三民叢刊書目

㉑浮生九四
・雪林回憶錄　蘇雪林著
㉒海天集　莊信正著
㉓日本式心靈
・文化與社會散論　李永熾著
㉔臺灣文學風貌　李瑞騰著
㉕干儛集　黃翰荻著
㉖作家與作品　謝冰瑩著
㉗冰瑩書信　謝冰瑩著
㉘冰瑩遊記　謝冰瑩著
㉙冰瑩憶往　謝冰瑩著
㉚冰瑩懷舊　謝冰瑩著
㉛與世界文壇對話　鄭樹森著
㉜捉狂下的興嘆　南方朔著
㉝猶記風吹水上鱗
・錢穆與現代中國學術　余英時著

㉞形象與言語
・西方現代藝術評論文集　李明明著
㉟紅學論集　潘重規著
㊱憂鬱與狂熱　孫瑋芒著
㊲黃昏過客　沙究著
㊳帶詩蹺課去　徐望雲著
㊴走出銅像國　龔鵬程著
㊵伴我半世紀的那把琴　鄧昌國著
㊶深層思考與思考深層
・轉型期國際政治的觀察　劉必榮著
㊷瞬間　周志文著
㊸兩岸迷宮遊戲　楊渡著
㊹德國問題與歐洲秩序　彭滂沱著
㊺文學關懷　李瑞騰著
㊻未能忘情　劉紹銘著

⑷發展路上艱難多　孫　震著
⑸胡適叢論　周質平著
⑹水與水神
・中國的民俗與人文　王孝廉著
⑺由英雄的人到人的泯滅
・法國當代文學論集　金恒杰著
⑻重商主義的窘境　賴建誠著
⑼中國文化與現代變遷　余英時著
⑽橡溪雜拾　思　果著
⑾統一後的德國　郭恆鈺主編
⑿愛廬談文學　黃永武著
⒀南十字星座　呂大明著
⒁重疊的足跡　韓　秀著
⒂書鄉長短調　黃碧端著
⒃愛情・仇恨・政治
・漢姆雷特專論及其他　朱立民著
⒄蝴蝶球傳奇
・真實與虛構　顏匯增著
⒅文化啓示錄　南方朔著
⒆日本這個國家　章　陸著
⒇在沉寂與鼎沸之間　黃碧端著
㉑民主與兩岸動向　余英時著
㉒靈魂的按摩　劉紹銘著
㉓迎向眾聲
・八○年代臺灣文化情境觀察　向　陽著
㉔蛻變中的臺灣經濟　于宗先著
㉕從現代到當代　鄭樹森著
㉖嚴肅的遊戲
・當代文藝訪談錄　楊錦郁著
㉗甜鹹酸梅　向　明著
㉘楓　香　黃國彬著
㉙日本深層　齊　濤著

⑬美麗的負荷

封德屏　著

本書是作者從事寫作的文字總集。有少女時代所寫，如詩如歌的雋永小品；更有以求眞存眞的態度詳實記錄而成的報導文字，對象涵蓋作家、影劇圈、藝術家等文藝工作者的訪談記錄。值得有心人一起駐足品賞。

⑭現代文明的隱者

周陽山　著

生爲現代人，身處文明世界，又何能自隱於現代文明？本書內容包括散文、報導文學、音樂、影評、書評等，作者中西學養兼富，體驗靈敏，以悲憫之心關懷社會，以詳贍分析品評文藝，是學術研究外，結合專業知識與文學筆調的另一種嘗試。

⑮煙火與噴泉

白　靈　著

本書詳盡的評析了新詩的源起及演變、臺灣詩壇的今與昔，除介紹鄭愁予、葉維廉、羅青等當代名家的詩作及創作理念外，並給予初習新詩者的入門指引，值得想一探新詩領域的您細細研讀。

⑯七十浮跡

・生活體驗與思考

項退結　著

本書是作者一生所思所悟與生活體驗。從青年時米蘭求學，到「哲學之遺忘」的西德八年，再到主持《現代學苑》實踐對文化與思想的關懷，最後從事教學與學術研究的漫長人生歷程。雖是略帶有自傳性質，卻也反映了一個哲學人所代表的時代徵兆。

⑰永恆的彩虹

小民 著

問世間情是何物，怎教人如此感念，環遶家園周遭的倫理親情、憶往懷舊的大陸鄉情、恒久不渝的溫馨友情……，是多麼的令人難以忘懷。本書作者以平和的語氣、平實的筆調，娓娓道出人世間的種種至情，讀來無限思情襲上心頭。

⑱情繫一環

梁錫華 著

寫作是件動腦動筆的事，使人保持身心熱切，而創造性的熱切是有助健康和留住青春的。本書作者以其悲天憫人的襟懷，寓理於文，冀望讀者會心處，除了青春、健康外，另有所得。

⑲遠山一抹

思果 著

本書是作者近二十年來有關文藝批評、中英文文學、語文、寫作研究的精心之作。作者學貫中西，探究深微，以精純的文字、獨到的見解，寫出篇篇字斟句酌、妙筆生花的佳作，令人百讀不厭。

⑳尋找希望的星空

呂大明 著

在人生的旅途中，處處是絕望的陷阱，但晚星的光芒是黎明的導航員，雨後的彩虹也會在遠方出現，絕望懸接著希望，超越絕望，希望的星空就呈現在眼前，願這本小書帶給您一片希望的星空……

⑧① 領養一株雲杉

黃文範 著

有人說，散文是作家的身分證，對譯人何嘗不是如此。本書是作者治譯之餘，跑出自囿於譯室門外自遣的心血結晶，涉獵範圍廣泛，文字洗練而富感情，展現作者另一種風貌，帶給讀者一份驚喜。

⑧② 浮世情懷

劉安諾 著

本書是作者以其所思、所感、所見、所聞，發而爲文的結集。作者才思敏捷，信手拈來，或詼諧、或雋永，皆屬上乘。在這匆遽忙碌的時代，不妨暫停一下，此書當能博君一粲。

⑧③ 天涯長青

趙淑俠 著

文藝創作者身處他鄉異國，該如何面對因文化差異所帶來的困擾？本書所描寫的，是作者旅居異域多年的感觸、收穫和挫折。其中亦有生活上的小點滴，時而凝重、時而幽默，清晰的呈現出東西文化的異同風貌，讓讀者享受一場世界文化的大河之旅。

⑧④ 文學札記

黃國彬 著

作者放眼不同的時空，深入淺出地探討文學的現象、趨勢，以至個別作家的風格，舉凡詩、散文、小說、文學評論等，都能道人所未道，言人所未言，把學問、識見、趣味共冶於一爐，堪稱文學評論集的佳作。

㉟訪草（第一卷）

陳冠學　著

本書是作者於田園生活中所見所感之作，內有田園意，有家居圖，有專寫田園聲光、哲理的卷軸。喜愛大自然田園清新景象的讀者，將可從中獲得一份未曾預期的驚喜與滿足；另有一小部分有關人性與人生哲理的文字，則會句句印入您的心底。

㊱藍色的斷想

・孤獨者隨想錄　ABC全卷

陳冠學　著

本書是作者暫離大自然和田園，帶著深沉的憂鬱面對人世之作。一路上你將有許多領略與感觸，時或有天光爆破的驚喜；但多數時候，你的心頭將披著一襲輕愁，甚或覆著一領悲情。這是悲觀哲學，卻是被熱情、關心與希望融化了的悲觀哲學。

㊲追不回的永恆

彭歌　著

本書是《聯合報》副刊上「三三草」專欄的結集。作者以其犀利的筆鋒，對種種社會現象痛下針砭，冀望這些警世的短文，能如暮鼓晨鐘般，在這變亂紛乘的時代，起著振聾發聵的作用。